UN

COQUIN D'ONCLE

PAR

FRÉDÉRIC THOMAS.

I

PARIS,

AU COMPTOIR DES IMPRIMEURS-UNIS,

QUAI MALAQUAIS, 15.

—

1843

UN

COQUIN D'ONCLE.

Ce roman ne pourra être reproduit qu'avec l'autorisation de l'éditeur.

Paris. — Imprimerie de BOULÉ et Cᵉ, rue Coq-Héron, 33.

UN
COQUIN D'ONCLE

PAR

FRÉDÉRIC THOMAS.

I

PARIS,

AU COMPTOIR DES IMPRIMEURS-UNIS,

QUAI MALAQUAIS, 15.

1843

I

L'hiver était des plus rudes : la terre, pou-
drée à blanc, n'avait pas eu de soleil pour
fondre sa glace et allumer une petite étoile
dans les grains de givre dont la moindre
touffe d'herbe était couverte. Sous une blanche
livrée se dérobaient toutes les richesses de la
nature ; or, comme nous sommes en Beauce,
la *planitude* du sol permettait à l'œil de courir
au loin dans la campagne.

Quelques oiseaux frileux volaient à tire
d'aile, cherchant pâture et ne trouvant partout que le froid sans abri. De temps à autre
s'entendait le cri gras et désolé d'un corbeau,

dont la silhouette noire s'enfuyait à l'approche d'une compagnie de canards sauvages.

Or, non loin du château de Mevoisins, trois hommes, qui sont destinés à l'honneur de faire votre connaissance, s'étaient aventurés dans la plaine. Quatre ou cinq valets portant des cages, des leurres, des fristfrast, des gibecières et des chaperons, enfin, tout l'attirail d'une chasse aérienne, les suivaient à distance.

— Arrêtons-nous ici, mon neveu, dit un homme d'âge à un jeune homme qui marchait à côté lui. Puis, s'adressant au troisième compagnon, qui filait en avant et continuait sa marche malgré cette halte :

— Holà! dom Guerlus!

Un vieillard sec retourna sa figure osseuse.

— C'est ici? vous n'entendez donc pas! Vous allez comme le vent.

— J'allais vite, monsieur le baron, afin de

me réchauffer répondit le vieillard, en revenant sur ses pas. Tout le monde n'a pas,
comme vous, ce qui est un avantage par ce
temps hyperboréen, un corps puissant à mou-
voir.

Avouons que si c'était là un avantage, le
baron n'avait rien à souhaiter de ce côté. Ses
pieds grêles et fuyans supportaient une volu-
mineuse masse à laquelle, par appendice, la
nature avait emmanché des bras courts et
une tête enfoncée dans les épaules, ce qui
donnait à la conformation du gentilhomme
l'aspect d'un cerf-volant qu'on regarderait de
profil, après l'avoir dressé sur la queue.

Par contraste, chez l'homme qui avait répondu au nom de Guerlus, le ventre, loin de
dominer, était sacrifié au contraire ; il avait
même l'air de n'avoir été mis à sa petite place
que pour attacher, autour d'un même torse,
de grands bras, une longue tête, des jambes

démesurées, et empêcher tous ses membres
de tirer chacun de son côté et de s'en aller à
l'aventure.

Nous ne devons pas taire que le gros baron ne fut pas satisfait du compliment de
Guerlus.

— Allons ! lui dit-il, monsieur le pédant,
vous êtes toujours gelé.

— Est-ce ma faute si le vent me coupe la
figure ?

— Avez-vous peur qu'il ne vous en reste
pas assez? Ne craignez rien, elle est assez
longue votre figure.

Ce que disant, le baron partit d'un éclat de
rire assez semblable au bruit que fait en se
cassant le grand ressort d'une montre.

Dom Guerlus, à ce qu'il paraît, n'avait pas
le droit de se formaliser de la plaisanterie ;
c'est pourquoi, au lieu d'y répondre :

— Pensez-vous, monsieur le baron, dit-il,

que votre neveu et mon élève, M. Philippe, n'aimerait pas mieux en ce moment-ci, au lieu de battre la campagne, avoir les pieds sur les chenets et écouter derrière un paravent mes leçons de philosophie ?

— Non pas ! non pas ! mon maître, se hâta d'interrompre le jeune homme à qui Guerlus prêtait ses goûts, et dussé-je ne prendre que l'onglée dans cette chasse, je préfère être ici à *voler* les corneilles qu'à vous entendre me parler du grand Pythagore.

— Nature humaine ! fit Guerlus en levant les yeux au ciel.

C'était là son mot d'habitude. Nature humaine ! répétait-il à chaque faiblesse de son prochain ; et, comme il accusait l'espèce du tort de l'individu, le philosophe ne blessait personne.

Le baron, ravi de la défaite du précepteur,

riait dans sa barbe, et Guerlus soufflait dans
ses doigts.

— Allons, mon maître, pas de rancune, lui
dit le jeune homme; et, si vous avez froid,
battons la semelle, en attendant que soient
disposés tous les engins pour la chasse.

Celui qui s'exprimait ainsi était Philippe de
Lanta, neveu et pupille du baron de La Briffe :
un aimable cavalier déjà ; plus de tenue qu'on
n'en a d'ordinaire à vingt ans ; une allure
preste, l'air attirant ; quelque chose dans sa
figure d'un portrait de Van Dick. Son nez, à
côte droite, était fendu de deux narines pal-
pitantes. Dans son œil noir s'était réfugiée
toute la pétulance juvénile de ce visage : bref,
un ensemble passionné qui protestait contre
le caractère méthodique imposé par l'éducation. C'était un oiseau folâtre dans une cage.
Seulement les manières franches de Philippe
étaient comprimées par l'embarras d'une

gauche sauvagerie. Et certainement il n'était
pas fait pour dégourdir son élève, ce dom Guerlus que vous avez déjà placé dans l'espèce emphatique des docteurs, avant même de savoir
qu'il portait un long manteau de drap de Hol-
lande, une ceinture large et placée très haut
sur l'estomac, un soulier craquant, et sous
un tricorne une calotte de maroquin. Malgré ce costume doctoral, Guerlus, si nous
en croyons Montaigne, n'est pourtant pas
un puits de science ; car il marche la tête
droite et fièrement levée : « Il advient aux
» gens véritablement scavans ce qui advient
» aux épics de bled : ils vont s'eslevant et
» haussant la teste tant qu'ils sont vuides ;
» mais quand ils sont pleins en leur maturité,
» ils commencent à s'humilier et baisser les
» cornes. »

Quoi qu'il en soit, dom Guerlus ne se prêta
pas à la gymnastique pédestre que lui proposait

Philippe ; il avait sur le cœur l'irrévérence du jeune homme à l'endroit de Pythagore, son philosophe de prédilection.

Le précepteur se contenta de secouer la tête en considérant les préparatifs qui se faisaient autour de lui.

— Quoi que vous en pensiez, monsieur le baron, dit-il en soupirant, cette chasse est un amusement féroce. A la seule idée de faire des oiseaux innocens se déchirer et s'entre-détruire, votre cœur ne se révolte-t-il pas ?

— Non, Guerlus, mon cœur ne se révolte pas du tout, répliqua le gentilhomme avec un accent moqueur.

— Il faut alors qu'une atroce habitude ait étouffé la voix des remords et le cri de la conscience : Pythagore, qui défendait l'usage des viandes, a du même coup proscrit toutes les chasses.

— Pythagore était un songe-creux comme

vous ; allez un peu prêcher vos doctrines au grand-fauconnier, au grand-veneur et au grand-louvetier de S. M. Louis XVI, et nous verrons si vous serez le bien-venu. La fauconnerie est un plaisir de la noblesse. Le connétable Anne de Montmorency en raffolait : et vous-même, l'autre jour, ne m'avez-vous pas traduit un passage des *Capitulaires*, par lequel il était fait défense, soit pour dette, soit même pour le paiement d'une amende, de saisir le faucon d'un gentilhomme?

Guerlus resta un moment interloqué.

— Autres temps, autres mœurs, dit-il enfin. Et l'humanité? la civilisation?...

— Lancez le duc, cria le baron à un piqueur, sans écouter le philosophe.

L'oiseau lancé alla tournoyer dans la plaine.

— Monsieur le baron, insista Guerlus, je lisais encore hier un terrible argument contre votre chasse. Et le pédant se mit à déclamer :

« O meurtriers contre nature ! Les panthères et
les lions que vous appelez bêtes féroces suivent leur instinct par force ; et tuent les
autres animaux pour vivre ; mais vous, cent
fois plus féroces qu'elles , vous combattez
l'instinct sans nécessité, pour vous livrer à vos
cruels plaisirs. Les animaux que vous mangez
ne sont pas ceux qui mangent les autres ; vous
ne les mangez pas, ces animaux carnassiers,
vous les imitez. Vous n'avez faim que de
bêtes innocentes et douces ! »

— Mon maître, répondit dérisoirement le
baron, je vous permets de vous condamner
au pain sec et aux laitues amères.

— Je n'en serais que plus sage, monsieur
le baron ; mais cette nature humaine l'emporte. Tout cela n'empêche pas votre chasse
d'être un crime...,

— Un crime ! interrompit le baron. Eh

bien! vous serez mon complice, morbleu ! c'est vous qui lancerez le faucon hagard !

— Ah! monsieur le baron, ce serait avoir pour votre semblable la cruauté dont vous usez pour les animaux.

Mais, sans faire aucun cas de la répugnance du précepteur, le baron saisit le poing de Guerlus, et en fit un perchoir pour l'oiseau.

Toute la compagnie se divertissait de l'embarras comique du vieillard : le baron se frottait les mains. C'était sa joie de laisser dire le pédant et de faire ensuite tout l'opposé ; ravi d'avoir assez de pouvoir pour mettre la pratique du sermonneur en contradiction flagrante avec ses préceptes.

Ce que le baron faisait envers Guerlus, la noblesse en général le faisait envers la philosophie. Les nobles traitaient les philosophes sans conséquence : ils les laissaient dire, s'en amusaient, et même quelquefois encoura-

gaient leurs doctrines, s'imaginant que tout
cela n'aboutirait qu'à des rêves ou tout au
plus à une opposition sans danger comme
sans application. La noblesse prenait trop à
la lettre cette pensée d'un écrivain, « que les
paroles sont des femelles et que les actions
sont des mâles. » Elle ne réfléchit pas que
c'est la femelle qui engendre le mâle. On s'a-
musait des systèmes philosophiques, oubliant
qu'il y avait en bas le peuple, au sein duquel
on semait en bonne terre ce grain de la parole qui devait fructifier et produire au cen-
tuple.

Mais revenons à notre chasse. Le duc volait
toujours dans le ciel gris.

Tout à coup les piqueurs s'écrièrent : *Corneille en beau !*

Ce cri, dans le technique de la fauconnerie,
signifie que la corneille, attirée hors des *forts,*
vient de déboucher dans la plaine. Effective-

ment, une corneille, affriandée par le duc, arrivait en grande hâte pour s'élancer sur le pauvre oiseau. A l'approche de cette proie, les piqueurs tressaillirent. Il se fit de grands cris chez les oiseaux chasseurs, qui trépignaient d'impatience; c'était, dans les cages et sur les poings, des cliquetis étranges, des bruits d'armures, de sonnettes et de vervelles. On ne savait trop comment modérer cette impétuosité qui effarouchait la corneille. Celle-ci ne laissait pas d'approcher. Elle commençait déjà à tourner sur le duc, prête à s'abattre sur lui; aussitôt un des fauconniers lança sur la corneille un tiercelet de gerfaut. La corneille ne se vit pas plutôt surmontée par cet oiseau de proie, qu'elle frémit de colère autant que de terreur, et suspendit son vol. Elle plana un instant; on eût dit au ciel une lune noire. Elle était tenue en échec et dans la situation inquiète d'un homme qui

joue aux barres, et calcule s'il peut, avant
d'être pris par celui qui le poursuit, atteindre
celui qui le précède. La corneille s'agite bientôt, elle suit, sans descendre, les mouvemens
du duc, et le tiercelet, à son tour, imite sur
une plus grande et plus haute échelle le manége de la corneille. N'oublions pas que ces
manœuvres prennent plus de temps à décrire
qu'à les voir s'exécuter.

Dès que le baron de La Briffe vit la chasse
ainsi engagée et la difficulté qu'avait le tiercelet pour maîtriser la corneille, il envoya au
secours de celui-ci un faucon pélerin, et enjoi-
gnit à Guerlus de découvrir son faucon hagard et de le lancer. Ces deux auxiliaires
fendirent l'air et volèrent à côté du tiercelet.
Celui-ci en fut troublé ; il semblait mécontent d'avoir ces satellites , comme s'il eût
compté remporter seul une victoire dont on

venait, sans nécessité pour lui, partager les profits et les honneurs.

La chasse offrait alors à nos personnages un spectacle des plus intéressans. Au sommet du ciel trois points noirs, dont celui du milieu immobile (le tiercelet), et les deux autres, les deux faucons, tournant autour de cet axe animé : tous les trois prêts à s'abîmer sur la corneille qui menaçait le duc. Ce dernier oiseau commençait à s'effrayer beaucoup de ce jeu mortel, où il n'avait barre sur rien et qui ne lui présentait aucun but pour soutenir son ardeur. Son triomphe, c'était une fuite heureuse, et son salut la plus belle victoire. Mieux partagés, ses collègues avaient un prix : la corneille espérait prendre le duc en évitant les faucons, et les faucons, sans avoir rien à craindre pour eux, concouraient pour la corneille. Aussi, en dépit de toutes les instances des piqueurs pour le maintenir à sa hauteur, le duc descendait en

tournant avec inquiétude. Ce mouvement,
imité par les oiseaux supérieurs dans de plus
vastes régions, produisait à l'œil comme des
spirales immenses et flexibles qui se répé-
taient dans des proportions d'autant plus gigantesques qu'elles s'écartaient davantage du
point primitif et central des opérations.

Une fois que la corneille eut senti trois adversaires sur sa tête, elle s'occupa plus de ce
qui se passait en haut que de l'oiseau, qui s'a-
gitait en bas. Elle ne songea qu'à la fuite. Se
sauver par haut, c'était aller se jeter tête
baissée dans les griffes de ses ennemis qui la
bloquaient sur trois points. Alors elle s'é-
chappe horizontalement comme pour gagner
son fort. Les piqueurs, voyant cette fuite,
usèrent du terme d'usage : « Hal ! hal ! hal ! »

A cet ordre, les oiseaux chasseurs se préci-
pitèrent comme trois flèches dans la direction
prise par la corneille. Celle-ci semblait avoir

prévu cette poursuite et calculé son vol en
conséquence. Elle s'arrête court, et, pendant
que ses ennemis sont emportés par la rapidité de leur élan, elle, demeurée en arrière,
trouve le ciel dégarni sur sa tête, prend son
essor et se sauve par haut. Les oiseaux désap-
pointés se retournent en criant, mais la corneille les avait déjà distancés, et les piqueurs,
jugeant la poursuite inutile, réclamèrent leurs
oiseaux, qui, frémissant de rage, descendi-
rent à vide vers leurs perchoirs.

Le baron frappa la terre du pied :

— Le beau coup qui nous échappe ! s'é-
cria-t-il.

Ensuite, comme il était outré de l'insuccès
de cette première tentative, il se promena en
grommelant tout bas. La foudre gronde avant
de tomber : celui qui l'attira sur sa tête fut le
vieux Guerlus, qui ne dissimulait pas assez

sa joie de ce que l'événement avait tourné au triomphe de Pythagore.

— C'est vous, Guerlus, lui dit le baron en colère, qui êtes la cause de tout ceci.

Le précepteur essaya de se défendre, mais on lui ferma la bouche.

— Je n'admets aucune excuse. N'est-ce pas vous qui avez lancé le dernier faucon? C'était trop tard.

Le pédant allait objecter de ces excellentes raisons que l'agneau oppose sans succès au loup de la fable; mais le baron ne lui permit même pas de formuler sa défense. N'était-il pas plus franc et plus expéditif de refuser d'entendre ce qu'on ne voulait pas écouter?

Le baron ordonna qu'on lançât un autre duc.

Après quelques minutes d'une longue attente, l'oncle se dépitait contrairement à

Guerlus que cette récente algaradé n'avait pas fait venir à résipiscence.

Le philosophe promenait dans le ciel vide son œil joyeux, et, de l'air et du ton d'un homme qui parle seul :

— L'Être suprême, dit-il, ne permettra pas qu'une autre corneille vienne se faire assassiner dans ces parages.

La Briffe entendit la réflexion. Il allait s'emporter contre Guerlus, puis se reprenant tout à coup :

— Eh ! s'il ne vient pas de corneilles, nous avons des pigeons, et rien ne nous empêche de les ciller.

Guerlus frissonna d'horreur sans oser rien dire; mais son élève fut plus hardi.

— Oh! non, mon oncle, pas les pigeons cillés, dit Philippe. Cette chasse me répugne extrêmement.

— Comment ! mon neveu, s'écria le baron,

est-ce que les rêvasseries de votre maître ne
glissent pas sur votre âme comme l'eau sur le
vernis? Vous croyez peut-être que j'aurai fait
tout ce déploiement d'engins pour rester ici
l'oiseau au poing ou dans la cage?

— Non, mon oncle; car je présume que
d'autres corneilles se présenteront.

— Elle n'en font pas mine, répondit le baron après une pause.

— Un peu de patience, mon oncle, ça viendra!

Le philosophe, qui ne prenait aucune part
orale à ce débat, n'en encourageait pas moins,
de quelques gestes discrets et sournois, la ré-
sistance de son disciple.

Le baron, qui avait refusé de discuter avec
le maître, consentit à le faire avec l'élève.

— Je ne conçois pas, Philippe, dit-il à son
neveu, ta répugnance exclusive pour le vol
au *pigeon cillé*, toi qui admets, en dépit de

toutes les leçons biscornues, les vols pour
perdreau, caille, merle; se sert-on d'autre
chose que de l'émerillon pour voler le rouge-
gorge, le burisson, l'alouette légère et le co-
chevis? Est-ce que ces petits oiseaux, que
l'on poursuit avec des épieux pour les faire
sortir des haies, ou avec des arbalètes, pour
avoir le plaisir de les tuer, quand ils refusent
de vider du fort, est-ce que ces oiseaux ne
sont pas aussi dignes que les pigeons d'exciter
ta sensibilité?

L'argument était un peu vif, aussi pour le
rétorquer, quoiqu'il eût de bonnes raisons au
fond de son cœur, Philippe, par une habitude qu'il tenait de son éducation, tourna-t-il
ses yeux vers don Guerlus; mais celui-ci n'eut
pas plutôt levé la langue qu'il fut arrêté par
un : — Je ne vous interroge pas!

Et, par cette exclusion, toute la responsabilité dé la réplique porta sur le neveu du baron.

— Mon oncle, dit humblement Philippe, je n'aperçois pas ainsi que vous la contradiction que vous me reprochez. Les oiseaux que vous venez de nommer sont sauvages, et profitent, pour nous échapper, de tous les avantages que Dieu leur a départis. En second lieu, notre chasse est à moitié justifiée par le désir de les prendre ; tandis que les pigeons, outre qu'ils nous appartiennent, on ne les lâche que pour l'unique plaisir de les voir se débattre contre une mort d'autant plus certaine, qu'en les cillant on leur ôte le meilleur moyen de l'éviter.

Dom Guerlus n'avait soufflé mot et pour cause; mais il fallait voir comme il était en extase devant la réponse de son disciple. Au fur et à mesure que les paroles étaient sorties de la bouche de Philippe, dom Guer-

lus les avait répétées des lèvres seulement,
comme s'il n'eût pu en retenir la signification qu'en les prononçant ainsi sans bruit.

Dans cette discussion, bien qu'il en fût
exclu, le précepteur avait déployé toute sa
capacité et toute son ardeur, à peu près comme
ces gens qui, intéressés dans une partie de
boule, se donnent plus de tracas et de peine
que celui qui tient le mail, tant ils s'éver-
tuent, par toutes sortes d'efforts chimériques,
à conduire les boules et à les pousser d'idée
où ils voudraient les voir de fait.

Le baron haussa les épaules, et, rompant
les chiens :

— Tu es digne de ton maître, mon cher
neveu... Mais voilà un quart d'heure que rien
ne passe... Dom Guerlus, cillez-moi un pigeon!

Ainsi La Briffe, sans y prendre garde, imi-
tait Apollon, qui, n'osant venger sur Jupiter

la mort d'Esculape, extermina les Cyclopes
qui avaient forgé la foudre.

— Moi, vous ciller un pigeon! s'écria
Guerlus abasourdi; pauvre bête! Mais, monsieur le baron, vous savez bien que je ne
sais pas, que je n'ai jamais su.

— Eh bien! je vous apprendrai; j'en cille-
rai un autre en même temps. Venez!

Or, pendant que les deux opérateurs se di-
rigeaient vers la cage aux pigeons, Philippe
en prit occasion de se donner du champ et de
leur fausser compagnie. Le jeune homme s'é-
loigna au plus vite, se retournant pour voir
s'il n'était pas remarqué. Bientôt il eut tourné
un petit monticule qui le mit à couvert : le
voilà donc seul, la bride sur le cou. Philippe
s'occupa de jouir de sa liberté, et chercha
un moyen d'en diriger l'exercice. A quelques
pas devant lui, il aperçut deux rangées d'arbres blancs de givre, dont les ondulations

semblaient border le lit d'une rivière. C'en
était une en effet, mais glacée comme tout le
reste ; et Philippe, pour combattre le froid et
tuer le temps, déracina quelques pierres qu'il
lançait sur cette surface, pour s'amuser de
leurs ricochets. Il était là depuis un moment
à peine, lorsqu'il entendit derrière lui les
grelots d'un mulet et les pas de deux chevaux. Il se retourne et aperçoit les deux chevaux attelés l'un devant et l'autre derrière
une chaise à porteur, comme on en voit dans
les tableaux de Vander-Meulen. Le cortége
avançait au pas, et deux laquais se tenaient,
l'un à côté de la chaise, l'autre à la bride du
mulet sur lequel était un coffre d'assez grande
dimension. Philippe de Lanta, tout entier à
ce spectacle, ne vit pas un pigeon qui vint
lourdement s'abattre à quelques pas de la
chaise ; mais la personne qui occupait l'intérieur de cette chaise y fit attention ; et le jeune

homme aperçut une main qu'on jugeait petite
en dépit d'un gant fourré, soulever la glace
de la portière et indiquer du doigt l'oiseau
qui gisait à terre. Aussitôt Philippe se précipita vers le pigeon qu'il eut relevé, avant
même que se fût retourné le valet à qui on
venait de donner cet ordre. Philippe leva
alors les yeux sur la personne à qui il obéis-
sait, et demeura déconcerté, interdit, ébloui.

Une voix de femme, une voix jeune, dont
la pureté suave quoique sonore caressait l'o-
reille et touchait le cœur ; une voix de syrène
laissa tomber ces paroles :

— Merci, monsieur. Pauvre bête !... sans
vous elle était écrasée sous les pieds de mes
chevaux !

II

Ce pigeon, tombé des nues, n'étonna point Philippe. Cela ne nous dispense pas d'exposer dans ses causes la chute de cet oiseau et de faire apprécier la conduite du jeune homme en décrivant le spectacle auquel il s'était dérobé.

Nous avons laissé le baron et le précepteur à la cage des pigeons.

Guerlus, la figure défaite comme s'il allait commettre un crime, n'était arrivé là qu'en rechignant.

—Faites comme moi, lui dit l'oncle de Philippe, en saisissant un pigeon.

Guerlus gémit et imita La Briffe; mais pour

n'avoir pas à se reprocher la fatale préférence qu'il allait donner à l'un de ces oiseaux, il ferma les yeux avant de plonger sa main dans le panier.

— Bien ! Maintenant voici une aiguille, vous allez en percer les paupières basses de votre oiseau et les attacher au moyen de deux fils, dont vous nouerez les bouts au dessus de sa tête.

— Miséricorde ! monsieur le baron, s'écria le pédant; mais je n'aurai jamais la force de faire cette exécution... Voyez ! je tremble comme un scélérat que je suis... Pitié pour lui ou pour moi... Pauvre bête! je ne puis pas la martyriser.

— Comme il vous plaira, observa le baron d'un grand sang-froid : si vous ne cillez pas ce pigeon, je l'étouffe à l'instant devant vous.

Le philosophe frémit ; et comme son collaborateur féroce avait avancé la main pour joindre le fait à la menace, Guerlus recula son bras avec horreur, et considérant le pigeon :

— Pauvre animal ! dit-il, tu es donc condamné... Je vais me rougir de ton sang, innocente créature !... Comme tu vas souffrir ! mais pardonne-moi, c'est encore pour ton bien... car il te tuerait, lui, ce bourreau qui violente ma volonté, qui m'enlève le libre arbitre, la plus belle prérogative de l'être pensant.

L'infortuné Guerlus exécutait les prescriptions de son tyran, non sans se révolter tout bas contre cette œuvre.

— Lui percer les paupières inférieures, disait-il ; mais les sauvages ne font pas cela... Attacher ces paupières par deux fils... conçoit-on cette atrocité ?... Puis nouer ces deux fils au dessus de la tête; quel raffinement de barbarie!

— Vous êtes bien long, Guerlus; avez-vous fini?

— Oui, monsieur le baron, j'ai terminé cette exécrable besogne. Je me fais horreur à moi-même.

— Assez!... Maintenant engagez les pattes du pigeon entre vos doigts, fermez-le dans votre main en lui passant votre pouce sur le col : et revenons à notre place!

Le baron regarda de tous côtés, puis d'un air inquiet :

— Où est donc Philippe? demanda-t-il.

— Tiens! c'est vrai, observa Guerlus, je ne le vois pas. C'est pourtant bien singulier, il était là tout à l'heure!

« Il était là tout à l'heure » est une de ces sottises accréditées de la famille de celle-ci :

« Comment, il est mort!... Mais il n'y a pas

huit jours, je l'ai vu qui se portait à merveille ! »

— Il ne doit pas être loin, réfléchit le baron ; je vais l'appeler : Philippe ! Philippe !...

Pas de réponse.

— Diable ! Est-ce qu'il ne m'entendrait
pas?... Voyons, Guerlus, vous qui avez la
voix plus claire.

— Monsieur Philippe ! cria le précepteur,
se faisant un porte-voix de sa main gauche.

Rien encore. Une teinte soucieuse rembru-
nit le front de l'oncle.

— Guerlus, dit-il, c'est encore vous, avec
vos absurdités sentimentales, qui l'aurez fait
partir... La belle instruction, ma foi ! que
vous donnez à mon neveu !... Taisez-vous !
Je sais ce que vous allez me répondre, et je
vous en dispense... Allons ! en attendant qu'il
revienne, jetez *amont* votre oiseau.

Guerlus obéit, et La Briffe, de son côté,

lança son pigeon aussi haut qu'il put. Les
pigeons, accommodés ainsi que nous l'avons
dit, ne reçoivent la lumière que par en haut;
elle leur tombe, pour ainsi parler, de leur
zénith, par une ligne droite. Or, c'est cette
ligne que suivent ces pauvres oiseaux : ils
volent comme ils voient, verticalement. Mais
leurs forces ne pouvant suffire à cet essor
perpendiculaire et continu, ils coupent cette
ligne infinie de temps d'arrêts, et s'enlèvent
par carrières et par élans.

Pendant qu'ils montaient ainsi, les piqueurs
prirent deux émerillons, dont l'un, le plus
sage et le plus arrêté, était découvert et sans
chaperon, comme se portent les autours :
l'autre émerillon, sans doute parce qu'on le
savait de peu de créance, était au contraire
couvert comme un faucon.

Aussitôt que les pigeons cillés ne furent
plus que deux points noirs dans un ciel gri-

sâtre, les fauconniers délivrèrent les deux
émerillons. Ceux-ci poussèrent des cris de
joie, inclinèrent leur tête à gauche pour interroger la profondeur des airs, avec l'œil droit
qu'ils roulèrent ardent et avide dans son or-
bite ; après quoi ils s'envolèrent avec une incroyable rapidité.

Les pigeons s'élevaient toujours sans soup-
çonner qu'on les attaquât ; mais bientôt ils
entendirent les ailes de leurs ennemis. On les
vit alors redoubler de vitesse, si bien que
l'éloignement qui les amoindrissait de plus en
plus allait les effacer ; mais les émerillons
montaient toujours : les quatre points allaient se confondre. Néanmoins, si vagues
qu'ils fussent, on pouvait très bien distinguer
d'en bas quels oiseaux ils représentaient, aux
vacillations effrayées des uns et à l'acharnement impétueux des autres.

Les auteurs de cette chasse l'examinaient
avec une attention avide, diversement affectés

par toutes les vicissitudes de la lutte, et faisant des vœux opposés; car vous imaginez
bien que si le baron excite ses émerillons
par des gestes et des cris qu'ils ne peuvent
ni voir ni entendre, de son côté, le philosophe
s'intéresse au sort des faibles, et, comme
Caton, se déclare pour la cause perdue.

Les deux émerillons avaient gagné les
fuyards, et bientôt les eurent *liés*. Les malheureux pigeons éperdus et à bout de force,
fléchirent sur leurs ailes et se *ravalèrent* dans
ce qui, pour eux, était l'abîme et l'obscurité.

Les émerillons joyeux tournoyaient pom-
peusement sur cette proie certaine, et des-
cendaient sur les pigeons, au fur et à mesure
que ceux-ci cédaient. Mais que ne peut la
nécessité de la conservation? Instinct du salut, que n'oses-tu pas tenter! tu ressuscites
des forces, tu crées des expédiens; tu secoues
la dernière étincelle de l'espoir qui s'éteint.

Des deux pigeons, l'un qui paraissait à peine pouvoir se soutenir en l'air partit tout à coup d'un élan imprévu. Son ennemi, un instant déconcerté par cette hardiesse, laissa au pigeon le temps de se relever. L'autre victime, encouragée par ce glorieux exemple, essaya de remonter ; mais son ennemi veillait, et de ses yeux écarquillés couvait sa proie. Les cris de l'émerillon, l'imminence de ses griffes et surtout la large envergure de ses ailes qui, malgré la distance, écrasaient le pauvre oiseau comme sous un manteau de plomb, lui interdisaient la voie de son ascension périlleuse en ne lui laissant que la mortelle ressource de défaillir dans le vide. Cependant l'autre pigeon, plus heureux, gagnait de l'espace aérien, et, par ses élans subits, donnait à son persécuteur beaucoup de peine pour le poursuivre et l'atteindre.

La chasse offrait alors des chances bien di-

verses. Les deux émerillons étaient dos à dos,
mais avec cette différence extrême que l'un
triomphait de sa proie qu'il tenait en bas sous
ses pieds, et que l'autre voyait la sienne lui
échapper par dessus la tête.

Au même instant, il survint un de ces événemens tout à fait imprévus qui décident du
sort des batailles. Le pigeon inférieur que
nous voyons s'abattre comme ces anges dé-
chus que Raphaël précipite du ciel sous le
glaive vengeur des anges fidèles, ce pigeon
s'arrête tout à coup et reste suspendu dans
le ciel. Il vacille étourdi, s'agite, secoue violemment la tête; et, comme le fil attaché à
ses paupières par la main novice du pédant ne
tenait pas bien sans doute, l'oiseau recouvre la
plénitude de sa vue; alors il frémit, bat des
ailes, et, mesurant l'espace, il se précipite, non
plus avec l'incertitude d'une fuite aveugle,
mais avec la sûreté d'un trait qui vole à son

but. L'émerillon, stupéfait de cette retraite, voltige un instant sans descendre, dans la crainte d'être le jouet d'une ruse de guerre ; mais bientôt, apercevant sa proie qui lui échappe, il tombe verticalement et comme une aérolithe. L'autre, l'émerillon supérieur, qui montait à la suite du pigeon victorieux, est distrait par ce plongeon inouï dans cette chasse ; il croit son confrère en défaut, il s'affaisse, perd de vue son pigeon à lui, et s'abat sur l'autre ; mais, en arrivant au pigeon décillé, il rencontre l'autre émerillon qui lui barre le passage et va atteindre sa victime. Alors seulement l'imprudent émerillon reconnaît sa faute quand il n'est plus possible de la réparer. Outré de dépit, il veut disputer une proie qui ne lui appartient pas ; mais le véritable propriétaire se rebecque, et les deux chasseurs aériens en viennent aux prises. Le pigeon décillé profite du conflit, et, pendant que le baron et les fau-

conniers par leurs cris mettent le hola entre
les deux combattans, lui, tout effarouché, s'a-
bîme vers la terre et va se tapir dans un sillon;
un piqueur le relève étourdi, palpitant, et
le met dans sa gibecière ainsi qu'il en avait le
droit. Le baron, malgré son humeur, ne songea pas à le lui contester. Peut-être eût-il agi
autrement s'il se fût trouvé dans la position
du roi, lorsque le lieutenant-général de la
grande fauconnerie prend un milan noir en
présence du monarque, car, en ce cas, le cheval, la robe de chambre et les mules de sa majesté appartiennent au capitaine, chef du premier vol.

Le baron n'eut pas plus tôt reconnu la cause
de cette chasse manquée que sa colère en
augmenta. Si quelque chose lui était de quelque consolation dans cet échec, c'est qu'il avait
le droit d'en faire peser toute l'orageuse responsabilité sur le maladroit philosophe qui

n'avait pas appris dans Aristote, Platon ou Pythagore l'art de ciller les pigeons. L'oncle s'approcha sévèrement de dom Guerlus : le pédant portait sa tête basse et présentait les épaules sans doute pour offrir plus de surface à l'explosion, mais aussi pour cacher la joie qu'il éprouvait d'avoir, par sa gaucherie, enlevé deux victimes aux émerillons.

— Eh bien! monsieur le pédant, êtes-vous satisfait? dit le baron, qui, les bras croisés, alla se poster en face de Guerlus. En avons-nous assez fait, ce matin, de bévues, de sottises, de lourderies?... Ne me parlez pas de ces vieilles gens qui ont toujours leurs vieux nez fourrés dans de vieux bouquins, ça veut se mêler de tout et ça n'entend rien à rien. Vraiment j'enrage... Tenez Guerlus, vous mériteriez!...

Mais le philosophe se laissa gronder et ne répondit pas un mot, convaincu que les rai-

sonnemens qu'on oppose à une bouillante colère sont des pierres qu'on jette à travers un
torrent : au lieu de le modérer, elles l'irritent
par l'obstacle et le font écumer plus fort.

En résumé, personne n'était content de l'expédition.

La Briffe demandait où était allé son neveu,
et les fauconniers demandaient où s'était en-
volé l'un des deux pigeons.

Le philosophe répondit sans succès que son
élève avait dû rentrer au logis ; mais le baron
n'eut pas de peine à démontrer brutalement
à Guerlus qu'il n'en pouvait rien savoir, ce qui
était vrai ; mais nous, qui sommes tenus de
veiller sur tous nos personnages, et pour qui
les cheveux de leur tête ou les plumes de leurs
ailes doivent être également comptés, il a bien
fallu retrouver le jeune homme et l'oiseau fu-
gitifs ; le pigeon cillé et Philippe de Lanta.

Philippe demeurait en extase devant la

dame de la chaise, et certes il y avait de quoi.
Figurez-vous, au milieu de fourrures qui l'en-
cadraient, un visage à la physionomie préve-
nante, blanc sans pâleur, et sous la peau écla-
tante duquel on voyait circuler un sang
généreux qui le colorait doucement. Le caractère de cette figure trahissait une molesse
remplie de charmes et une nonchalance ado-
rablement languissante. L'œil un peu voilé,
qu'ombrageaient de longs cils, envoyait une
lumière pleine d'une indéfinissable chaleur, et
par un privilége tout particulier, tantôt semblait endormir son limpide miroir, tantôt lancer
des éclairs comme une épée au soleil.

De tels attraits ne suffisaient-ils pas pour
enchanter Philippe, peu aguerri à de sembla-
bles beautés? Mais si nous ajoutons que deux
lèvres incarnates montraient, en s'ouvrant,
deux rangées de dents égales, dont la pureté
cristalline éclairait le plus délicieux sourire;

si nous disons qu'une oreille mignone et fine-
ment ourlée, soutenait, comme un bouton d'or
soutient un feston de gaze, des tresses de cheveux noirs ondulant autour d'un front radieux
de sérénité, alors on conviendra que tout autre à la place de Philippe, eût été, comme lui,
pénétré d'admiration et retenu par ce respect
qu'inspire ce grand air, ce je ne sais quoi de bon
lieu qui se comprend mieux qu'il ne se décrit.

Le jeune homme était subjugué déjà, et
c'était trop, en vérité, que de lui faire entendre cette voix enchanteresse qui semblait ne
pouvoir prononcer que des paroles bienveil-
lantes et tendres.

Lorsque Philippe entendit cette voix suave
moduler un remercîment à ses oreilles, le
pauvre jeune homme se sentit bouleversé. Il
tenait son chapeau d'une main, le pigeon de
l'autre, et, baissant les yeux, n'osait faire
un pas ni dire un mot.

De son côté, la dame elle-même était toute confuse de l'effet qu'elle produisait sur Philippe : elle porta les yeux sur l'oiseau, tout tremblant dans une main qui ne tremblait pas moins que lui.

— O mon Dieu ! s'écria-t-elle, le pigeon est cillé ; est-ce qu'on chasse par ici ?

Immédiatement Philippe enleva l'appareil qui ensanglantait le pauvre oiseau, bénissant en lui-même cet exercice qui lui donnait une contenance. Il finit par regarder la dame qui, à son tour, baissa les yeux ; et comme le jeune homme se trouvait interrogé pas elle, il s'enhardit même jusqu'à lui répondre.

—Oui, madame, malgré ce froid rigoureux, le baron de La Briffe, mon oncle, chasse à la corneille et au pigeon cillé.

— Et vous vous êtes écarté de la chasse ? demanda la dame.

Philippe ne répondit pas immédiatement. Il

était sous le charme de cette voix céleste, et
n'osait, après l'avoir écoutée, faire entendre
la sienne, qui, pour tant qu'il s'ingéniait à l'a-
doucir, lui paraissait encore aigre et grossière
auprès.

— Oui, madame, dit-il enfin après une
pause, j'ai quitté cette chasse, car j'ai la faiblesse de souffrir quand, pour un divertisse-
ment, on aveugle ces innocentes bêtes avant
de les faire dévorer.

La dame garda le silence, mais adressa au
jeune homme un coup d'œil, signifiant la
même chose qui, entre amis, se fût exprimée
dans un serrement de main.

— Monsieur, continua la dame, je voudrais
avoir la hardiesse de vous adresser une interrogation, car vous pourriez peut-être nous
tirer d'un grand embarras.

Cette fois, Philippe soutint intrépidement le
regard de la dame, et attendit à peine qu'elle eût

achevé pour répondre avec empressement :

— Oh ! parlez, madame, parlez, je vous en supplie, trop heureux si je pouvais...

— Monsieur le baron, votre oncle habite-t-il loin d'ici ?

On remarquera que la jeune femme n'a pas osé rendre la question personnelle.

— D'ici au château de Mevoisins, répondit Philippe, je ne pense pas qu'il y ait plus d'une lieue.

— Très bien ! reprit la dame, mais j'aurais besoin de savoir avant toutes choses si pour se rendre d'ici (elle allait dire *d'ici chez vous ;* mais elle se reprit), chez monsieur votre oncle, on rencontre une rivière ou même un simple ruisseau à traverser.

A ces mots, Philippe laissa échapper un geste d'étonnement où perçait la pointe d'une susceptibilité mise en éveil. Il ouvrait de grand yeux où se lisait autant ceci :

— Auriez-vous perdu le bon sens pour me
faire pareille question ?

Que cela :

— Madame, que vous ai-je fait pour vouloir me mystifier ainsi ?

Le jeune homme penchait même vers cette
dernière interprétation, car il venait de remarquer un gros valet joufflu qui riait à l'é-
cart.

La dame se hâta de mettre fin à cette fâcheuse alternative, et, après avoir sévèrement
réprimandé le domestique, elle parla ainsi à
Philippe :

— Ma question a droit de vous surprendre,
monsienr, tant que vous en ignorerez le motif.

Philippe, sans répondre, inclina la tête d'un
air digne.

— Il faut que vous sachiez, monsieur, que
ce mulet, que vous voyez là porte un objet

de quelque prix pour un indifférent ; mais d'une valeur inestimable pour moi, parce qu'il a appartenu à ma mère.

Philippe s'inclina de rechef, d'un air qui voulait dire :

— Ce sentiment vous honore sans doute ; mais je ne devine pas encore quel rapport il peut exister entre ce que vous dites et ce que vous demandez.

La dame comprit ce silence et répondit :

— Vous verrez, monsieur, que rien n'est plus simple. Oubliez, je vous prie, l'étrangeté de mon interrogation, jusqu'à ce que vous en connaissiez la cause. Car je me flatte qu'alors vous daignerez approuver, comme la plus naturelle, la marche que j'ai suivie.

— J'ose l'espérer, madame, plus pour vous encore que pour moi, interrompit froidement Philippe.

— Ce que contient ce coffre, poursuivit la

dame, c'est un objet d'art, une pendule que
l'habile main de Germain Pilon ne dédaigna
pas de sculpter. Outre cela, cette œuvre est
d'une curieuse ordonnance en ce que douze
apôtres ciselés en bronze, sortant un par un
d'un temple d'or, viennent frapper les heures
avec un marteau d'acier sur un timbre d'argent. J'ai eu le tort, pour voiturer cette pendule à mon château, de la faire attacher au
dos de ce mulet; non que cet animal ne soit
d'une allure très sage, mais (et c'est trop tard
que nous nous en sommes aperçus), il ne peut
s'habituer à sentir son pied sur de la glace;
et, dès qu'il en rencontre, il se met à danser
et à bondir effarouché. Un premier accident
de cette nature a déjà compromis ce meuble
fragile : le coffre s'est entr'ouvert, il fallu le
maintenir au moyen d'une courroie : mais au
craquement qui s'est fait entendre, nous avons
jugé que quelque chose avait dû se détraquer

dans l'intérieur. Or, pour nous achever, voici que nous rencontrons une rivière : me comprenez-vous, maintenant, monsieur?

— Parfaitement, madame, reprit Philippe avec un sourire de satisfaction.

Enfin, il respirait à l'aise; tout lui était expliqué. Plus de craintes, d'arrière-pensées, de soupçons. Ce nuage n'avait un instant obscurci son soleil que pour le lui faire paraître plus radieux.

— Madame, ajouta le jeune homme, je suis obligé de vous décéler un ruisseau qu'on rencontre avant d'arriver à Mévoisoins.

— Et un ruisseau sans pont?

— Sans pont. Il n'y a qu'une planche.

— Et naturellement ce ruisseau est glacé?

— Hélas! il n'y a pas en Beauce de priviléges devant la température.

— Comment faire alors? dit la dame d'un ton soucieux.

— Si on débarrassait le mulet, observa Philippe ; qu'on lui fît traverser à vide la rivière pour lui remettre sa charge à l'autre bord ?

— Y pensez-vous, monsieur ? c'est impossible. Si vous saviez toutes les peines et les précautions que des gens, dont c'est le métier, ont prises pour ajuster, assujétir et agencer ce fardeau ; si vous connaissiez son poids énorme ; si vous aviez, de près, considéré sa grandeur...

— En ce cas, madame, interrompit Philippe, il est à craindre, qu'à l'imitation de Louis XIV, *sa grandeur l'attache au rivage.*

La dame sourit à cette parodie.

— C'est pourtant le plus sûr, continua-t-elle. Décidément il faut en revenir à mon premier moyen.

— Vous aviez donc un moyen ?

— Oui, mais, très long, très compliqué ;

cependant, faute d'autre... Je laisse ici ce quinteux animal avec son guide ; je pousse jusqu'à mon château, et j'envoie une charrette, où on le fera monter tout chargé.

— Très bien combiné, madame ; mais si le château de Mevoisins était plus près d'ici que le vôtre? insinua le jeune homme.

C'était assez ingénieux pour un novice. Du même coup, il faisait politesse à la dame en lui offrant l'hospitalité, et, de plus, il la mettait en demeure de déclarer ce qu'il brûlait de savoir, le lieu de son habitation.

La dame devina cette intention secrète et en dépassa les espérances par cette réponse :

— Mon mari, qui *aimait* beaucoup venir jusqu'à l'Eure en chassant, comptait deux lieues d'ici à Fontgiève.

— Elle est veuve ! ce fut la première pensée de Philippe ; veuve ! puisqu'elle a dit, en parlant de son mari, *qui aimait.*

Or, cet imparfait était plus que parfait pour
le jeune homme. Son cœur bondissait de joie.
Veuve! Comme cette qualité résonnait déli-
cieusement à son oreille. Veuve! lui qui tremblait derrière chaque mot de voir se dresser
un mari pour lui barrer le passage dans cette
passion nouvelle.

Au lieu de cela, Philippe est rassuré, et
avec quelle délicatesse! Ne lui apprendre
qu'on a été mariée que pour lui dire qu'on
est libre.

Le jeune homme était transporté de reconnaissance et d'allégresse.

— Madame, s'écria-t-il tout à coup, j'en-
trevois un moyen plus expéditif et aussi sûr
que le vôtre. Pouvez-vous m'affirmer que le
contact seul de la glace effarouche cet animal ?

La dame fit de la tête un signe affirmatif.

— Bon! en ce cas, mon expédient doit

réussir. Veuillez, madame, commander à vos gens de bander les yeux du mulet. Je me charge du reste.

Or, pendant que les valets exécutaient cet ordre, Philippe, aux yeux de la dame émerveillée, ôta son manteau et s'en alla l'étaler sur la glace. Cela fait, il emprunta la houpelande d'un domestique et alla l'étendre au bout du manteau. Ensuite, il saisit le mulet par la bride, le fit tourner plusieurs fois sur lui-même pour le dépayser, après quoi il le conduisit par une pente douce jusqu'à la rivière. L'animal se laissa faire, et, ne sentant rien de glissant sous ses pieds, franchit le manteau et passa sur la houpelande. Une fois là, Philippe le fit arrêter et ordonna qu'on déplaçât le manteau pour le déplier en avant : le mulet avança de quelques pas : ce fut alors le tour de la houpelande, qui, restée libre, alla rendre au manteau le service qu'elle en avait reçu, et ainsi de suite, jusqu'à l'autre rive, où Philippe arriva sans encombre aux applaudissemens de toute la compagnie.

Mais le triomphe du jeune homme ne fut pas sans amertume. Il ne l'eut pas plus tôt obtenu, qu'il se reprocha une fâcheuse maladresse. Il venait de lever le seul obstacle qui arrêtait la charmante veuve.

Le jeune homme était seul sur la rive où il avait guidé le mulet ; il le tenait par la bride, suppléant ainsi le conducteur de l'animal, qui était retourné sur l'autre bord pour aider les valets à tout disposer pour la marche. De sa place, Philippe considérait avec chagrin la joie de l'équipage et les préparatifs qu'on faisait pour s'éloigner... s'éloigner sans retour sans doute. Eh quoi ! cette veuve si belle, il ne la reverrait plus : cette heureuse occasion s'envolerait sans en faire naître d'autres. Philippe ne put supporter cette désolante pensée ; à tout prix, il voulait revoir cette femme : mais un moyen, un motif, un simple prétexte ; il ne lui restait rien.

La caisse qui renfermait la curieuse pendule avait été endommagée, nous l'avons dit, et il avait fallu, avec des liens de cuir et des cordes, maintenir ce coffre entrebâillé comme une noix écrasée sous le pied d'un passant.

Le jeune homme laissa tomber machinalement ses yeux sur la pendule que cette ouverture permettait de voir en partie. Au milieu de cet examen distrait, Philippe remarqua une des douze heures, ou, si vous voulez, un des douze apôtres qui se détachait de son piédestal. Une idée et un désir s'entrechoquèrent aussitôt dans la tête du jeune homme : il examine s'il n'est pas aperçu ; il prend l'heure chancelante et la met dans sa poche. A ce propos, ne remarquez-vous pas combien, lorsque la fin est honnête, on s'arrête peu à

l'indélicatesse des moyens, tandis que, si cette
même fin est coupable, les choses les plus li-
cites qu'on met en œuvre pour y arriver paraissent entachées de vice et être criminelles.
Ne dirait-on pas que le but est une lumière diversement colorée, qui projette sa couleur
douce ou sinistre sur tout le chemin qu'il faut
parcourir pour l'atteindre? Dans la Bible, Joseph, pour retenir un de ses frères, ne craint
pas d'insinuer une coupe d'or dans le sac de
Benjamin et de le faire passer pour un voleur.
Et notre Philippe, pour un motif d'un autre
genre, ne se fait pas le moindre scrupule de
dérober un apôtre en bronze.

Une fois son apôtre dans sa poche, Philippe
reprit toute sa sérénité. Il se sépara de la
veuve après d'affectueux complimens, qui se
déguisaient chez la femme sous des airs de reconnaissance, mais qui conservaient, du côté
du jeune homme, leur véritable caractère de

galante courtoisie. Malgré cela, notre veuve
ne trouva pas Philippe assez affligé en la quit-
tant. Le jeune homme la regarda bien s'éloigner tant qu'il put la voir, et ce fut même en
récompense de cette attention rétrospective
que, sous un prétexte, la dame fit arrêter sa
chaise pour prolonger ce triste plaisir des
adieux ; mais rien de cela ne s'élevait au dessus
des banales démonstrations d'un amant vulgaire. Bref, la veuve accusa Philippe d'être
beaucoup trop peu affecté : c'était son droit.
N'ignorait-elle pas, en effet, que le jeune
homme eût un apôtre dans sa manche ?

Dès que l'équipage eut disparu, Philippe de
Lanta osa considérer son larcin.

— Saint Pierre, s'écria-t-il en examinant
la tunique, la barbe et surtout les clés du saint
de bronze : c'est un bon apôtre. Quand je
songe que je pouvais mettre la main sur
Judas !

III

Voilà notre action engagée et nous allons revenir sur nos pas. Telle est la marche naturelle des choses ; il est ordinaire de voir le cours d'un fleuve avant sa source : ce qui frappe d'abord les yeux de la justice, c'est le corps du délit, le crime d'où l'on remonte à l'auteur : les effets se présentent et les causes se cherchent ; car les événemens font comme les vérités, qui, au dire de Fontenelle, n'entrent chez nous que par le gros bout.

L'amour est désormais en campagne, et Dieu sait ce qu'il pourrait en résulter, si, à côté de lui, ne veillait son plus implacable antagoniste, l'intérêt. L'intérêt ! Qui le représente dans cette histoire ? L'oncle du jeune de Lanta, le baron de La Briffe. Il est donc de toute nécessité de faire avec ce personnage connaissance plus ample ou plus étroite, ce qui revient absolument au même.

M. Amador de Lanta, baron de La Briffe, avait eu dans sa jeunesse une grande fortune et une jolie femme. Il avait perdu femme et fortune depuis long-temps, ce qui signifie qu'il était vieux, et il ne regrettait que la dernière moitié de ses pertes, ce qui fait maigrement l'éloge des sentimens du baron ou des qualités de feu madame la baronne de La Briffe.

Pour le faire court, notre baron, après avoir mené grand train et fait figure dans le monde, avait fini par dévorer cent cinquante mille écus en dépenses sourdes; si bien qu'il fut obligé de réformer sa dépense et de se réduire au petit pied , car il advient dans la vie comme dans les courses, que celui-là qui va trop vite au départ est le plus empêché à l'arrivée.

Ce fut proprement la destinée du baron de La Briffe, et on l'eût vu fort petit compagnon, s'il n'eût été de ces sortes de gens pour qui la roue de la fortune s'obstine à tourner sans cesse , en dépit des bâtons qu'ils jettent en travers. Donc il arriva que notre gentilhomme, sur le retour de ses années et de ses écus, apprit que son frère, M. Juvénal de Lanta, capitaine des levrettes de la chambre du roi et des lévriers de Champagne, était mort. Ce n'est rien ; cet aimable frère ne laissait pas une charge vacante, puisqu'il en fut le dernier titulaire et que le roi la supprima par un édit donné à Versailles, au mois de mai 1780, enregistré en la cour des comptes et en la cour

des aides ; mais il laissait un fils dont, par testament, il confiait la tutelle à l'oncle paternel
du mineur : et cet oncle n'était autre chose
que M. Amador, baron de La Briffe.

Rendons hommage à la modestie du tuteur,
personne ne fut plus étonné que lui de l'excès
de confiance du défunt ; il s'informa si son
frère avait conservé sa raison jusqu'au bout,
et il fut surpris d'apprendre qu'il était mort
dans tout son bon sens. Quelle aubaine ! Un
frère qu'on n'avait pas vu depuis plus de dix
ans, qui vous détestait durant sa vie, et qui,
après sa mort, fait choix de vous pour le remplacer auprès de ce qu'il a de plus cher. Le
baron n'en revenait pas, mais, après avoir réfléchi sur cette incroyable préférence, il s'a-
perçut que Juvénal avait eu la main forcée. Il
laissait bien un autre frère, mais qui était dans
les ordres , par conséquent incapable d'une

gestion civile. Il avait encore un beau-frère,
oncle maternel du mineur, le marquis de Parazol ; mais celui-là était ambassadeur de
France en Bavière ; il résidait à Munich, la
nature de ses hautes fonctions ne pouvait se
concilier avec les soins et l'état sédentaire
qu'exige la tutelle. Le défunt avait eu grand
regret à cette incompatibilité : cela résultait
d'un article du testament, d'après lequel il
donnait charge au marquis de Parazol de servir, autant qu'il serait en lui, de conseil et de
guide vigilant au tuteur de son fils.

Le baron ne fut pas, par cette catastrophe,
plongé dans une consternation, à faire, comme
M. de Brunoi à la mort de sa mère, répandre
des tonneaux d'encre pour mettre en deuil
même les jets d'eau de son parc. Et d'abord,
M. de La Briffe n'avait plus de parc, et puis
sa tristesse était fort raisonnable : il est même
à craindre que, s'il n'eût pas eu plus de mé-

moire que de douleur, il eût pu répéter le mot
d'une marquise à sa femme de chambre :
« Voilà quinze jours que tu m'habilles de noir,
mais dis-moi donc, Rosette, de qui suis-je en
deuil ? »

Toutefois, le baron fit bien les choses ; il
prit le grand deuil, l'habit et les bas de laine,
les manchettes de batiste à ourlet plat, l'épée,
les souliers et les boucles bronzées, les grandes et les petites pleureuses. L'étiquette l'o-
bligeait à ne porter le deuil que deux mois,
il le garda six, comme s'il eût hérité. Et de
fait, n'était-ce pas un héritage déguisé que
cette tutelle qui mettait dans ses mains la
gestion d'une fortune considérable. Aussitôt
investi de ses nouvelles fonctions, La Briffe
s'enquit de l'âge du mineur, son neveu, qu'il
connaissait à peine. On lui dit que Philippe de
Lanta avait quinze ans, et qu'il était au collége de La Flèche. Le baron songea immédia-

tement à le tirer de là pour l'appeler auprès
de lui. Sa sollicitude de tuteur ne pouvait,
disait-il, s'accommoder que d'une éducation
particulière qu'il pourrait à tout instant sur-
veiller et contrôler. Au fond, l'oncle ne tenait
si fort à former à son gré le cœur de son neveu, qu'afin de ne laisser pénétrer dans ce
jeune esprit que juste assez de lumière pour
qu'il ne vît pas les prévarications du tuteur, et
que le joug ne parût pas trop immense à ses
yeux ni trop lourd à ses épaules.

Le problème était de découvrir un précepteur capable de servir naturellement, et sans
être mis dans la confidence, les projets du res-
pectable baron. Le choix ne laissait pas que
d'être délicat. Il fallait un pédant bardé de
latin et confit de grec, enfin un puits de
science, mais qui ne fût pas le puits de la vérité. Pour une si difficile recherche, le baron
ne s'en rapporta qu'à lui-même ; il eût très

certainement refusé le professeur Génitor dont
Pline-le-Jeune fait un si grand éloge.

Comme le baron réfléchissait sur cette grave
affaire dans où café qu'il fréquentait, le hasard lui mit sous la main un numéro du *Mer-*
cure, et, au bas d'une page, sous cette ru-
brique : «Cours publics du collége de France,»
il avisa, se détachant en lettres aldines, ces
mots : « Cours d'hébreu et de syriaque. pro-
fessé par M. Lourdet, interprète du roi et de
l'amirauté, les lundis, mercredis et vendredis,
à onze heures du matin. »

C'était justement un lundi, onze heures ve-
naient de sonner, et le baron n'était pas loin
de la place Cambrai. Il s'achemina donc
vers le collége de France, espérant que, dans
les habitués d'un cours de syriaque, il ne pouvait manquer de trouver un professeur selon
sa formule.

Pour se guider dans l'édifice de l'architecte

Chalgrin, le baron s'adressa au concierge. Celui-ci demeura stupéfait, et, d'un air incrédule, se décida enfin à répondre par une interrogation.

— Monsieur me demande le cours d'hébreu et de syriaque ?

— Parbleu ! voilà trois fois que je vous répète la même question.

— Pardon, monsieur, c'est que je croyais avoir mal entendu.... Au fond de la cour, grande salle à gauche !

La Briffe suivit l'indication et la jugea exacte, en lisant sur une porte carrée : «Cours de langues étrangères.» C'était là !

Avant de pousser cette porte, il entendit un grand bruit dans l'intérieur : en écoutant, il put distinguer de grands éclats de voix, comme il en échappe alors qu'on est échauffé par une vigoureuse controverse. Le gentilhomme attribua naturellement cette voix au professeur,

s'émerveillant néanmoins qu'on pût se pas-
sionner si fort dans le genre didactique, et
pour une langue comme l'hébreu. Il entre, et
au fond d'un entonnoir formé par des bancs en
amphithéâtre, et à côté d'un poêle rouillé, il
aperçoit deux hommes seuls, dont l'un, qui
était en chaire, écoutait son auditeur.

A la vue du baron, le professeur muet se
trouble, ramène ses lunettes sur son nez, en-
fonce sa perruque, tousse très fort ; puis, de
l'air d'un homme qui lit : — Un étranger, dit-
il à son disciple ; que va-t-il penser ?... Prenez votre livre !... vous me perdez !... taisez-
vous donc !

Mais l'autre, qui tournait le dos au visiteur,
était d'ailleurs trop lancé pour entendre ni si
on entrait, ni si on parlait. Il continuait toujours du même ton véhément : — Oui, je vous
accorderais plutôt que *la privation*, qui est
un des trois principes d'Aristote, qu'un *rien*,

qu'un *non être*, enfin que le *néant* sont quelque chose ; mais pour convenir que la lumière de Jésus-Christ sur le Thabor n'était pas sa lumière propre, jamais. Et c'est ce qu'assurent en termes non équivoques, Ephrem *le Syrien*, Jean *de Damas*, Denys *l'Aréopagiste*, André *de Crète*, Cosmas *le Mélodieux*, Maxime *le Confesseur*, Cyrille *d'Alexandrie*, Jean Chrysostôme, Grégoire *de Nazianze*, Basile *le Grand* et Athanase *de Synnade*.

Le baron était descendu à la base de l'entonnoir ; l'orateur, en l'apercevant, s'essuya le front, se tut et s'assit.

— Messieurs, demanda le baron, est-ce bien ici le cours d'hébreu et de syriaque ?

— Oui, monsieur, c'est ici, se hâta de répondre l'homme qui était en chaire.

Mais le discoureur, encore aiguillonné par la pétulance de son argumentation :

— Je me soucie bien, monsieur, de l'hébreu

et du syriaque, dit-il ; si vous croyez que c'est
pour cela que je viens ici !... Du tout, nous
étions occupés d'une question du plus haut
intérêt, d'une question qui divisa les Grecs au
quatorzième siècle, et nécessita la convoca-
tion d'un concile à Constantinople sous An-
dronic *le Jeune*. Il s'agissait de décider si la
lumière de Jésus-Christ sur le mont Thabor
était une lumière *créée* ou *incréée*. Grégoire
Palamas, moine du mont Athos, soutenait
qu'elle était *incréée*, et Barlaam soutenait
mordicus le contraire. Mon contradicteur est
de l'opinion de Palamas, et moi, je ne suis ni
de l'opinion de Barlaam, ni de celle de Palamas ; mais je me flatte, monsieur, bien que je
n'aie pas l'honneur de vous connaître, que
vous vous rangerez à la mienne, si je vous
répète les raisons que je viens de déduire à
M. Mitouart.

— M. Mitouart ! interrompit le baron, je

savais bien que je me trompais, je cherche le
cours de M. Lourdet.

— C'est ici ! observa le professeur.

— Ah !... Alors, pourquoi monsieur vous
appelle-t-il Mitouart ?

— Parce que c'est mon nom.

— Mais si c'est votre nom, riposta le baron
en s'animant, ce n'est pas le cours de M. Lourdet, interprète du roi et de l'amirauté.

— Mille pardons ! monsieur, c'est bien ici
le cours que vous dites; mais M. Lourdet ne
professe pas, il est titulaire; moi qui suis son
suppléant, je fais le cours.

— C'est la vérité, affirma l'élève, qui était
un vieillard maigre, enfumé et crotté; et si
monsieur vient ici pour apprendre l'hébreu
ou le syriaque, je n'ai plus qu'à me retirer.

— Comment ! fit le baron, est-ce qu'on ne
pourrait pas enseigner ces langues à deux
personnes à la fois ?

— Pardon, monsieur, répondit l'élève, c'est que je n'ai pas envie de les apprendre ; et c'est à cette condition que je suis le cours de monsieur.

Le baron tombait de son haut. En entrant, lui second, dans un *cours public*, le professeur l'avait traité d'étranger ; ce cours public se réduisait à un tête-à-tête où le seul qui ne parlât pas était le professeur ; ce professeur n'était qu'un faux professeur, et le seul élève qui assistait à son cours n'était venu là que pour n'y pas apprendre ce qu'on y devait enseigner.

Le professeur, un peu confus, crut deviner les pensées du baron.

— Eh quoi ! monsieur, s'écria-t-il, viendriez-vous ici dans l'intention réelle d'apprendre l'hébreu ou le syriaque ? Oh ! ce serait me rendre mes jours florissans ; car tel que vous me voyez, j'en ai eu un élève sé-

rieux qui venait ici pour le bon motif; c'était
un chanoine : par malheur, il mourut il y a
cinq ans ; je le pleurai, mais hélas! cela ne me
le rendit pas : il fallut le remplacer à tout prix.
J'en trouvai un autre ; mais quand un père
n'a qu'un fils unique, il fait toutes ses volontés:
celui-là voulut que je lui apprisse l'italien ;
heureusement que je le sais un peu. Je lui
appris donc l'italien; cela dura toute l'année,
après quoi il m'abandonna. Je retombai dans
la même peine. Heureusement qu'il y a toujours un dieu, s'il n'y a pas toujours un élève
pour les professeurs de syriaque! Je fis la découverte, dans une chambre du parlement,
d'un épinglier ruiné qui me confia n'aller là que
pour se chauffer au poêle : je lui offris celui
de ma salle, et il s'engagea à suivre mes cours
pendant l'hiver; mais je parvins à le conserver
encore l'été, en lui montrant le jeu de dames
qui devint sa passion. Après lui, j'ai mis la

main sur M. Guerlus, avec lequel je philosophe depuis dix-huit mois. Eh! maintenant,
monsieur, n'est-ce pas que la France est perdue! Que dites-vous d'une telle décadence?

— Je dis, reprit le baron, non sans rire, je
dis que le gouvernement devrait faire comme
moi, s'assurer d'un élève avant de songer au
professeur.

— Eh quoi! vous auriez un élève? s'écria
Mitouart étourdi.

— Oui, monsieur, j'ai un élève; et, d'après
la thèse que je viens d'entendre soutenir avec
tant de supériorité, je serais heureux que
M. Guerlus voulût se charger de son éducation.

— Son éducation! monsieur, l'éducation
d'un élève! s'écria le pédant : mais c'est com-
bler le plus cher de mes vœux. Je lui ouvrirai
son entendement; car selon Épicharmus, c'est

l'entendement qui voit et qui oit. Vous me donnez un enfant...

— Pas tout à fait, monsieur, interrompit le baron; il a quinze ans.

— C'est égal, persista Guerlus; vous me donnez un enfant, et je vous rendrai un homme. Un homme, monsieur, qui me devra plus qu'à vous, car il me devra le bienfait de l'intelligence, et il ne vous doit que celui de la vie.

— Pardon, monsieur, mais il n'est pas mon fils.

— C'est égal, il méritait de l'être.

— Je suis son oncle.

— J'espère, insinua doucement Mitouart au baron, que vous autoriserez dom Guerlus à suivre mon cours de syriaque?

— Désolé, monsieur, mais nous habiterons la campagne.

— *O fortunato snimium!* murmura Guerlus.

Le professeur de langues était indigné de cette insouciance.

— Comment! dit-il, ingrat disciple; c'est ainsi que vous manqueriez à vos engagemens d'honneur : vous me devez encore six mois, et je ne vous tiens pas pour libéré, à moins que vous ne fournissiez un remplaçant.

— Un remplaçant! répéta Guerlus : j'ai bien un de mes amis qui pourrait... mais il est si occupé.

— Eh! que fait-il? demanda Mitouart.

— Il travaille dans l'enluminure des livres.

— Eh bien! qu'il apporte son ouvrage, je lui aiderai... Dites-lui qu'il sera ici comme chez lui; que personne ne nous dérangera : c'est convenu, je compte sur lui pour mercredi prochain à onze heures.

— Très bien! je vous l'enverrai... A propos : mais à quoi le connaîtrez-vous?

— Puisqu'il entrera ici, mercredi, à onze heures, je ne puis pas m'y tromper.

— C'est juste, observa Guerlus en s'inclinant.

Là dessus, le baron et sa nouvelle conquête se levèrent pour s'en aller : mais le professeur le pria en grâce de vouloir bien attendre que l'heure sonnât.

— Messieurs, leur dit-il, encore cinq minutes de patience : on ne manquerait pas de dire que je vole le gouvernement, et que je ne fais mon cours qu'à moitié.

Midi sonna, et, pendant que le baron sortait, Guerlus se jeta dans les bras du professeur de syriaque et rejoignit le gentilhomme dans la cour.

Muni de son précepteur, le baron songea immmédiatement à l'élève; il part pour le collége de La Flèche, accable de tendresse un neveu qu'il reconnaît à peine, lui parle en

pleurant de son père, *dont il avait recueilli le
dernier soupir*, et fait un éloge pompeux de
l'intimité dans laquelle il avait vécu avec un
parent qui, dix ans avant de mourir, avait
cessé de voir notre impudent baron. Le jeune
Philippe de Lauta s'attendrit aux paroles de
son tuteur, et demanda, avant de quitter le
collége, à faire ses adieux au meilleur de ses
amis. C'était un Parisien, jeune homme d'une
avenante figure, nommé Eustache Rozel. Quoique moins jeune et plus avancé dans ses classes
que Philippe, Eustache Rozel s'était si étroitement lié avec lui, que leurs camarades les ap-
pelaient Nisus et Euryale.

Voilà le baron de La Briffe au grand complet. Alors, pour enterrer plus sûrement les
passions naissantes de son pupille, il chercha,
dans toute la succession dont il était l'admi-
nistrateur, le domaine le plus isolé où il pût,
à son aise, cloîtrer son élève, tout en ne s'é-

loignant pas trop de Paris, où l'oncle se proposait de venir de temps à autre se dédom-
mager de son régime campagnard. Pour tous
ces motifs, son choix très éclairé tomba sur
un château de la Beauce, nommé Mevoisins, où
le baron, le mineur et le précepteur allèrent
s'installer. De cette sorte, le baron de La Briffe
devait reverdir : arbre dénudé et prêt à tomber, il se vit tout à coup saisir au corps et soutenir par un arbuste jeune qui l'enveloppait si
bel et bien de ses vigoureuses pousses, qu'à
distance le vieil arbre, identifié avec l'autre,
avait l'air de refleurir seul.

Grâce à de tels subsides, le baron retrouva
son ancienne prospérité, seulement ni son âge
ni sa nouvelle position, tant civile que géo-
graphique, ne lui permettaient d'en faire
l'usage qui était selon son humeur et ses
goûts. Alors l'ancien dissipateur changea d'allure, et son égoïsme qui, autrefois, s'évaporait

en ardeur pour le plaisir, devint une passion
froide qui se bornait à la conservation de sa
personne et de ses intérêts; il poussait le soin
de sa santé jusqu'à des minuties, et pour n'en
donner qu'une idée, il suffira de dire qu'à
l'instar de M. de Mairan, son ami, il avait établi
une sorte de concordance entre son thermomètre et l'étoffe de ses habits. Son vieux valet
de chambre Pascal était initié à ses façons, et
quand son maître lui demandait le matin : Quel
temps fait-il? — Il répondait selon le cas : —
Le thermomètre est à la ratine ou au velours,
ou encore à la fourrure; et il habillait son
maître en conséquence.

Au milieu de cette vie rangée, méthodique,
uniforme, que le baron menait à Mevoisins et
qu'il faisait partager à son neveu, qui donc
aurait reconnu l'ancien viveur d'autrefois?
C'était à ne pas croire que ce fût le même
homme.

A Mevoisins, le baron vivait comme un so-
litaire de la Thébaïde, se conformant lui-même
aux préceptes qu'il donnait à son élève, sachant bien que prêcher, sans prêcher d'exemple, c'est ressembler à une horloge qui se
contenterait de sonner les heures sans les
marquer.

Si, par aventure, ce qui n'était pas rare,
quelque velléité de dissipation venait émous-
tiller le baron au milieu de sa vie ostensible-
ment régulière, il prétextait un voyage pour
les affaires de la tutelle, et s'en allait à Paris
contenter sa fantaisie ; car c'était ici, contrairement à l'usage, l'oncle qui faisait des esca-
pades à son neveu.

Il y avait déjà cinq ans environ que cet état
de choses durait sur ce pied, lorsque nous
avons pénétré dans cette histoire par la chasse
aux corneilles. Philippe ne s'était pas vanté de

sa bonne fortune, et il ne restait plus trace de
la désertion du jeune homme.

Mais nous touchons à une aventure qui
donna l'éveil à la sécurité du baron. Celui-ci se
menait un soir à travers champs; il était
plongé dans un de ces monologues internes,
où l'on se chante à soi-même des cantiques de
louanges. Le baron se complaisait dans son
œuvre; tout avait répondu à ses souhaits : le
mineur et le pédant concouraient à la prospérité croissante du régime qu'il avait fondé.
Pas le plus mince nuage à son horizon. Le
baron s'endormait sur ses lauriers avec une
sérénité d'âme parfaite; il préméditait déjà sa
prochaine escapade à Paris, et se faisait par
avance une fête de celle qui l'attendait chez
Jardin, célèbre maître d'hôtel au coin de la rue
du Fauboug-du-Temple.

Le déclin du jour s'approchait; et ce qui
restait de sa chaleur était tempéré par les ha-

leines que soulève la nuit en dressant ses
voiles. M. de La Briffe suivait lentement une
allée d'ormes qui conduit au bord de l'Eure.
Or, cette rivière, qui était appelée à donner
un jour son nom à un département, dut mé-
riter cet honneur par sa limpidité et sa transparence, car elle ne se recommande guère par
les autres qualités qui font les rivières : la lar-
geur de son lit et la profondeur de ses eaux.
A Chartres, on lui a fait la politesse d'un pont
qui, pour n'être pas aussi beau que celui que
Philippe II fit bâtir sur le Mançanarez, n'en
justifierait pas moins cette boutade d'un Espa-
gnol, qu'il faudrait vendre le pont pour lui
acheter de l'eau.

Le baron s'assit sur les bords de cette petite
rivière, se donnant le plaisir de regarder dans
l'eau ce qui se passait dans l'air et de voir na-
ger tout ce qui volait. Il était à cette place depuis quelques momens : tout à coup il vit s'a-

giter les hautes herbes de l'autre rive. Cédant
alors à un de ces mouvemens d'instinctive curiosité qui nous font envier l'anneau de Gygès,
le tuteur profita, en cette rencontre, d'un bou-
quet d'arbres et d'un accident de terrain qui
se trouvèrent là tout à point, pour le dérober
aux regards : il pouvait donc tout voir de cet
observatoire sans être vu lui-même. Il aperçut
un paysan qui sortit du milieu des roseaux
comme le dieu du fleuve ; cela se passait de
l'autre côté de l'Eure. Le paysan, après un
coup de sifflet, tendit le chapeau vers la rive
où se tenait le baron ; et bientôt de cette même
rive, partit un papier blanc semblant envelop-
per un objet beaucoup plus lourd. Ce projec-
tile décrivit une parabole dans l'air et alla
s'engloutir précisément dans le chapeau solli-
citeur.

Cette adresse, en partie double, témoignait
d'un certain ensemble qui ne pouvait s'expli-

quer que par de nombreuses répétitions ou
par une remarquable dextérité chez les rive-
rains. Des deux, le baron ne voyait que le
paysan qui avait été moins acteur que compère
dans cette manœuvre; c'est pourquoi La
Briffe, pour rendre hommage à qui de droit
de ce tour d'adresse, suivit en sens inverse la
ligne décrite par le papier, et son regard alla
tomber, sur qui? sur Philippe de Lanta, son
neveu.

L'oncle s'imagina aussitôt que c'était une
libéralité de son pupille, et réfléchissant qu'il
serait à lui d'un exemple d'autant moins sus-
pect qu'il était censé n'avoir pas vu le précé-
dent, de faire aussi son aumône, le baron, fei-
gnant d'arriver sur le coup, prit dans sa bourse
un écu de six livres, et, sans enveloppe,
l'adressa au chapeau encore béant du rustre.
Par hasard le baron réussit son coup; et le
paysan, sentant un nouvel envoi dans cette bi-

zarre boîte aux lettres, ramena son chapeau et en explora l'intérieur. Sa main n'eut pas plus tôt saisi l'écu de six livres que le paysan le considéra avec indignation ; en même temps il portait les yeux sur l'autre rive : il y aperçut, debout, le baron, dont la pantomime, empreinte d'une triomphante modestie, trahissait la culpabilité de cette offrande. Aussitôt le paysan, outré de colère, prit la pièce d'argent, et la lançant avec force vers celui qui la lui avait jetée :

— Holà! s'écria-t-il, êtes-vous fou, brave homme? Je ne suis pas un mendiant!

— Si cet homme n'est pas un mendiant, qu'est-il donc alors? pensa le baron avec effroi.

IV

Le Portier du Paradis.

De la rencontre de Philippe avec la jolie
veuve, près de l'Eure, jusqu'à l'expédition par
la voie de l'air d'un pli de papier, nous n'avons
fait qu'un saut. L'œil ne s'arrête-t-il pas d'a-
bord aux points culminans, quitte à descendre
plus tard à la région inférieure qui les sépare ?

C'est en cherchant des ânesses que Saül
trouva un royaume ; c'est en fuyant des pigeons que Philippe de Lanta trouva la reine
de son cœur et vola le prince des apôtres.

Rentré à Mevoisins après la chasse à laquelle il n'avait pas assisté, le jeune homme
cacha soigneusement son larcin dans un tiroir

de son bureau. Il attendit ainsi l'occasion d'en faire usage; elle s'offrit enfin, et, un jour de printemps, le baron étant à Paris, dom Guerlus entra, la figure rayonnante, dans la chambre de notre jeune homme :

— Mon cher disciple, lui dit-il, je vous ai souvent entretenu du célèbre monsieur Mitouart.

— Mitouart! reprit Philippe, épelant ce nom comme pour évoquer un souvenir confus. Ah!... je sais. Un professeur de persan ou de chinois.

— Allons donc, reprit Guerlus; un professeur d'hébreu et de syriaque, et un professeur comme je n'en ai jamais vu, monsieur Philippe; on ne le connaît pas assez. Ce qui me console, c'est que le prudent Antigonus faisait consister toute sa renommée dans le seul témoignage de Zénon, à la mort duquel il disait avoir perdu

le témoin de ses actions et le théâtre de sa
gloire.

— Et vous êtes le Zénon de monsieur Mitouart?

— Dites plutôt qu'il est mon Antigonus, ou
du moins qu'il l'a été durant dix-huit mois que
nous avons philosophé tête-à-tête pendant qu'il
faisait son cours public. Quel homme!... Et
dire qu'il est venu à Chartres exprès pour moi.
Voilà sa lettre.

— Eh bien?... demanda le jeune homme,
comme s'il n'eût pas compris où tendait ce
discours.

Le vieillard frappa dans ses mains, et regarda son interlocuteur d'un œil hébété.

— Eh quoi! s'écriait-il, est-ce bien mon
élève qui parle?... Un grand homme, l'illustre
Mitouart vient à Chartres; il m'écrit de là qu'il
fera la moitié du chemin, et que j'aille le joindre pour converser des merveilles de la na-

ture au sein de la nature même; et mon bien-
aimé disciple se contente de dire froidement :
Eh bien !

— Ah! pardon, mon maître, répliqua Philippe avec un sourire; vous ne m'aviez pas dit
tout cela.

— Bon! soit! je le veux!... Mais maintenant que je vous l'ai dit, demanda Guerlus se
croisant les bras, que me direz-vous?

— Je vous dirai d'y aller.

Guerlus était étourdi de cette réponse.

— Vous me direz d'y aller! répéta-t-il avec
amertume. Et vous ne sollicitez pas la faveur
de m'accompagner?... Causer avec un grand
homme!... Savez-vous que j'ai envie de ne
pas vous prendre?

— Franchement ça m'obligerait, répartit
Philippe: il fait si chaud!...

— Songer au corps quand il s'agit de
l'âme!...

Le jeune homme vit qu'il s'était fourvoyé auprès de Guerlus.

— Tenez, lui dit-il, je ne comprends bien que les choses que vous m'expliquez ; ainsi que m'avancerait-il de voir votre savant ami ?

Le précepteur était flatté ; il ajouta néanmoins :

— N'est-ce rien de causer avec un grand homme ?

— C'est ce qui m'arrive tous les jours... Pour qui vous prenez-vous donc, monsieur Guerlus ?

Cette cajolerie désarma le précepteur.

— En résumé, dit-il, vous ne voulez pas venir ?... Mais si M. le baron à son retour de Paris...

— Est-ce que j'irai le dire à mon oncle ? interrompit Philippe.

— Je le crois bien, objecta Guerlus, cela vous fait si peu d'honneur...

Le philosophe réfléchit une minute. Philippe tremblait qu'il insistât.

— Je vous pardonne, dit Guerlus ; vous ne
savez pas ce que vous perdez en restant ici.
Cher Mitouart, il ne te connaît pas !.. Je serai
de retour dans trois heures.

Et Guerlus s'en alla.

Philippe respirait. Il fit quelques entrechats
et aurait chanté, s'il n'eût craint d'ébruiter son
allégresse. Il s'approcha de la fenêtre pour
bien s'assurer du départ de son gouverneur :
il le vit s'éloigner et puis disparaître dans un
taillis.

— Enfin ! le voilà parti, s'écria-t-il ; j'ai
trois heures devant moi ; il n'en est que neuf,
et à dix et demie je puis arriver à Fontgiève...
C'est trop matin pour visiter une dame... d'ac-
cord ! mais...

Et dans ce *mais*, le jeune homme renfermait mentalement toutes les excuses de sa dé-

marche. Il tira saint Pierre de son étui, puis
il s'adonisa un peu devant un miroir, prit un
cheval à l'écurie d'une de ses fermes, et galopa
vers son bonheur.

Le voilà parti. Le cavalier, en traversant la
rivière de l'Eure, ne put considérer sans atten-
drissement l'endroit où, pour la première fois,
il avait rencontré la dame qu'il allait voir. Jusque-là tout avait été riant dans l'imagination
de Philippe ; tout chantait dans lui et autour de
lui ; mais une fois qu'il se vit sur l'autre rive,
une douce crainte serra son cœur et lui fit ral-
lentir l'allure de son cheval. Ce sentiment gagnait de la force à mesure que Philippe gagnait du terrain ; tellement qu'il s'arrêta dès
qu'il aperçut un château qu'il jugea être celui
de Fontgiève. Le jeune homme rangea sa mon-
ture dans un chemin latéral qui coupait la
route, et, après avoir suspendu sa marche, se
mit à réfléchir très sérieusement. Philippe res-

tait là, indécis, entre la crainte qui lui conseil-
lait la fuite, et l'intrépidité de son amour qui
lui ordonnait de passer outre. Toutefois, le
jeune homme, livré à ces deux forces oppo-
sées, les laissait se combattre sans se laisser
emporter par l'une ou par l'autre, ce qui si-
gnifierait que ces deux forces étaient égales,
si les lois physiques trouvaient aussi leur application dans le monde moral.

Qui sait combien aurait duré cette lutte et
ce qu'il en serait advenu? Un incident bien
simple en décida l'effet ; un piéton ayant l'air
d'un domestique parut sur la route abandon-
née par Philippe. Celui-ci, voyant venir un
homme, fit un retour sur lui-même il; fut gêné
d'avoir un spectateur de son immobilité, réfléchissant que ce n'est pas pour rester à une
même place qu'on a coutume de monter à
cheval : c'est pourquoi Philippe lâcha la bride
au sien qui, sentant l'écurie, profita de la li-

berté qu'on lui laissait pour se diriger de préférence vers le château de Fontgiève.

Le piéton, dès qu'il aperçut le gentilhomme
engagé dans l'avenue du château, doubla le
pas, atteignit le cavalier, et, l'ayant très révé-
rencieusement salué, se permit cette interrogation :

— Monsieur irait-il au château ?

— Hein ? hein ? fit le gentilhomme comme
s'il n'eût pas entendu la question, mais en
réalité pour se donner le temps de préparer
sa réponse.

Le piéton fut étonné.

— Quel dommage, réfléchit-il avec commi-
sération, si jeune et être sourd ! car il est bien
sourd.

Et, cédant à cette pensée, il répéta à très
haute voix sa première question :

— Monsieur irait-il au château ?

Philippe, qui sentait le besoin de compro-

mettre sa volonté en articulant sa détermination, siffla un :

— Oui !

— Ah ! c'est qu'alors j'aurai l'honneur de
conduire monsieur, étant concierge du château.

Le piéton s'attendait à ce que le cavalier lui
répondît quelque chose approchant de ceci :
« Ah ! vous êtes concierge du château : très
bien ; je ne pouvais pas mieux m'adresser. »

Au lieu de cela, Philippe, qui sans doute
croyait avoir assez fait en s'arrachant une
résolution, reprit son air pensif et garda le
silence : ce silence, le piéton ne manqua pas de
l'attribuer à la même cause, et, dans l'espoir
de neutraliser la surdité de l'inconnu, le voilà
qui crie à tue-tête et en divisant les syllabes :

— Mon-sieur, je suis le con-ci-erge du château !

— Au diable ! je l'ai entendu, reprit vivement Philippe, que cet éclat fit tressaillir, ainsi que son cheval, me prends-tu donc pour un sourd?

Cette fois ce fut au valet de se taire : il prit les devans.

Le cavalier, qui suivait, détournait la tête et jetait de longs regards sur le chemin qu'il venait de parcourir : c'est que le jeune homme n'était pas complétement affermi dans son vouloir, et même il avait toutes les peines du monde à ne pas se dérober par un temps de galop.

— Après tout, pensa-t-il, ne suis-je pas à temps de m'en retourner? Cet homme ne me connaît pas encore. Oui, mais que pensera-t-il de moi?

Et le respect humain retint Philippe dans la voie. C'est ainsi qu'il arriva au château.

Le neveu de La Briffe était si fort absorbé par le grand acte d'audace qu'il croyait accomplir, il y dépensait si exclusivement toutes ses facultés, qu'il ne lui en restait pas pour faire la charité d'un regard au joli paysage dont ce château était le centre.

Comme Bagatelle, Fontgiève eût pu prendre pour devise : *Parva sed apta*. Son architecture était de l'école de Philibert Delorme : au milieu d'une gracieuse façade et commandant aux deux ailes du château, s'avançait un pavillon qui, arrondi à ses extrémités latérales, allait par un contour soumettre cette saillie à la ligne de l'édifice. Des bas-reliefs et des pilastres décoraient ce pavillon, et un fronton le dominait ; le tout couvert d'une calotte octogone portant une terrasse couronnée d'une balustrade en marbre. Le château de Fontgiève, circonvenu de tous côtés par les panaches touffus de grands arbres, paraissait à distance se confondre avec eux et sortir de leur

7

sein comme le fruit merveilleux de cette luxu-
riante verdure.

— Je vais voir, dit le concierge, si madame
la comtesse peut vous recevoir à cette heure.

— Je sais bien que ce n'est pas régulier, répondit Philippe, que ce titre de comtesse venait d'effaroucher encore. Priez madame de
ne pas se déranger ; je pourrais sans la voir
remplir mon message.

— Monsieur voudrait-il me dire son nom ?

— C'est juste ; Philippe de Lanta, et si madame la comtesse ne connaissait pas ce nom,
vous ajouteriez que je suis le neveu du baron
de La Briffe.

Le concierge répéta mentalement ces deux
noms pour s'en souvenir, fit une inclination
et disparut. Philipppe attendait dans un salon
ovale décoré de papiers de Chine, entouré de
baguettes dorées. Deux dessus de porte, peints
par Antoine Coypel, représentaient, l'un, Mars

aux forges de Lemnos, l'autre, Psyché admirant l'Amour endormi. En outre, on remarquait une Chasse, de M. Oudry, et un second tableau du même, ayant pour sujet une Buse ulbutant un Lièvre : plus loin un tableau de Colombel, les filles de Jethro, et à l'écart une Vue du château de Fontgiève. C'est sur celui-là que le jeune homme arrêta ses yeux : quelques mots, écrits à la plume, avaient fixé son regard et son attention; c'était la dédicace du peintre : « A madame la comtesse Lysimène de Vertamy... *Signé* FOUQUIÈRES. »

Philippe savait enfin le nom de la veuve ; et ce nom, il le trouvait charmant ; mais le titre l'effrayait. Une comtesse ! O mon Dieu, pensait-il en contenant les palpitations de son cœur, pourvu qu'elle refuse de me recevoir ! Au même instant, le concierge revint annoncer au gentilhomme que madame la comtesse l'attendait.

Philippe tressaillit, déconcerté par ce succès : après quoi, il partit d'un élan comme un
poltron qui, acculé au combat, ne songe plus
qu'à en finir au plus vite, sachant bien que de
son courage artificiel il peut faire feu qui brille,
mais non feu qui dure.

Il monta ainsi fort lestement un escalier de
pierre, et, au premier étage, après avoir traversé un grand salon, une petite porte s'ouvrit, et le voilà dans le sanctuaire, en face de
sa divinité.

Philippe, s'arrêtant près du seuil, osa lever
un regard furtif sur la dame; après quoi, il
tint les yeux baissés; mais, si rapide qu'il eût
été, ce coup d'œil avait suffi pour lui révéler
les charmes de la comtesse; non que la veuve
se fût environnée d'un grand luxe d'atours;
bien au contraire; mais savez-vous quelque
chose de plus séduisant que le négligé d'une
jolie femme ? Les amans pensent tous ce que

Properce dit à Cynthie : « Je vous trouve plus
aimable avec des vêtemens tout simples, qu'a-
vec des robes brodées d'or. » Ne me parlez
pas de la toilette d'apparat ; alors c'est la
femme apprêtée, étudiée, sophistiquée, enfin
un tableau vivant composé avec art, avant et
pour l'exposition. Qu'il y a loin de cette tenue
officielle à cette toilette à peine ébauchée ! ici
tout est surprise, découverte, ravissement :
être admis au négligé d'une femme, c'est la
plus aimable faveur qu'on puisse recevoir ;
c'est une confidence qu'on vous fait, un mystère qui se laisse deviner, un sacrifice dont
vous voyez l'effort dans la rougeur pudique
dont un belle figure se colore. Cette main qui
ramène un fichu égaré sur un sein qui se soulève ; cet œil effarouché qui cherche le vôtre
pour le tenir en échec ou pour y lire comme
dans un miroir si quelque chose ne le choque
pas ; cette timidité, cette frayeur, tout ce dé-

sarroi inexprimable ont d'irrésistibles attraits.
La femme a l'air de vous dire : Les autres
me voient derrière ma parure, à distance, à
mes heures ; c'est à vous seul que je me montre
en négligé, et cela, parce que je n'ai pas voulu
retarder le plaisir de vous voir, parce que je
vous sais un galant homme, et parce que, d'ailleurs, je n'ai pas besoin d'être tirée à quatre
épingles pour paraître une jolie femme. En un
mot, cet accueil tourne à l'éloge de celle qui le
fait et de celui qui le reçoit.

Philippe de Lanta, sans analyser cette faveur, en fut aussi ému que charmé.

A son approche, madame Lysimène de
Vertamy se leva lentement, et du doigt lui
indiqua une chaise non loin de son tabouret.
Le jeune visiteur vit l'ordre, le comprit, mais
n'osa l'exécuter : tout lui paraissait si propre,
si délicat, si coquet dans ce réduit, qu'il craignait de souiller le tapis en marchant ; il rete-

nait son souffle de peur de ternir la transparence de ces glaces et l'éclat de ces dorures. Ce petit cabinet était entièrement boisé ; les moulures de ses lambris, relevées par des guirlandes de fleurs peintes au naturel, laissaient courir leurs festons sous des cartouches dont le relief, sortant du milieu des panneaux, enchâssait des pastorales de Boucher.

Il semblait à Philippe que son entrée dans ce lieu était une profanation, et que, pour tant de réserve, d'attention et de ménagement qu'il pût mettre dans son intrusion, sa seule présence allait tout déranger, tout salir, tout dévaster, comme si la main d'un lourdaud se posait sur le duvet d'une pêche, ou qu'une autruche envahît le nid d'une fauvette : et cette métaphore ne paraîtra pas étrange si nous disons que deux marronniers, croisant leurs branches sur le balcon de ce cabinet, lui donnaient plutôt l'air d'un nid que d'un

boudoir. On ne s'étonnera pas davantage de
la crainte révérencieuse du jeune cavalier si
l'on réfléchit que la comtesse avait en elle et
dans tout ce qui en émanait, une telle distinc-
tion, une finesse si subtile, qu'on était fort empêché en l'abordant. Ce jour-là, elle portait
une robe flottante, malgré l'ampleur de laquelle se dessinaient les proportions adorables
et les moëlleux contours d'un corps agile et
souple, dont chaque mouvement faisait res-
sortir une beauté. Un cordon de soie rame-
nait autour de la plus gracieuse taille les plis
de sa robe, et se nouait à la ceinture ; les glands
qui formaient les bouts du cordon effleuraient
deux mules d'un dessin si joli, qu'on eût re-
gretté de les voir si petites si on n'eût songé
au pied qui était dedans. Avec tout cela, cette
figure à la fois vive et nonchalante que vous
connaissez, sauf qu'elle était peut-être embel-
lie par une légère émotion : puis l'éclat d'une

peau éblouissante paraissait briller davantage sous les boucles noires de quelques tresses échappées à la morsure d'un peigne d'or.

C'était à l'ombre du marronnier et à côté de la fenêtre que la veuve était assise ; devant elle un métier à broder. Au moment où Philippe entra, elle achevait une chaise de parfilage.

C'était alors la fureur des dames. On faisait des paniers, des bourses, des sacs et toutes sortes de menus meubles en parfilage. La vogue était si répandue, qu'on avait dans tous les salons cette chanson de M. Necker, dont voici deux couplets :

> Vive le parfilage !
> Plus de plaisir sans lui.
> Cet important ouvrage
> Chasse partout l'ennui.
> Tandis que l'on déchire
> Et galons et rubans,
> L'on peut encor médire
> Et déchirer les gens,

> Autrefois, dans la vie,
> On n'avait qu'un amant ;
> Maintenant la folie
> Est d'en changer souvent.
> On défile et partage
> L'amour comme un ruban,
> Et même au parfilage
> On met le sentiment.

La comtesse remarqua l'immobilité respectueuse où se tenait son visiteur ; mais, avec un sourire, elle renouvela son geste ; et cette fois le jeune homme vint occuper la place qu'on lui désignait.

— Monsieur, dit la dame, vous excuserez mon empressement ; car vous avez tant tardé à venir chercher l'expression de ma reconnaissance, que je n'ai pas voulu différer une minute de vous l'offrir.

— Que parlez-vous de reconnaissance, madame ! balbutia Philippe ; n'est-ce pas plutôt moi... qui vous en dois... pour cette insigne faveur qui ?...

Le jeune homme s'embrouilla un peu dans sa phrase, parce que, pendant qu'il disait cela, il pensait ceci : — Elle m'attendait ! j'ai volé gratuitement... Je n'avais pas besoin de saint Pierre pour m'ouvrir la porte.

Cette réflexion contrariait le gentilhomme. On aime assez que les choses cèdent par où on les attaque. Croyez-vous qu'un général, après qu'il a établi un siége et tracé ses retranchemens devant une place, n'est pas fort désappointé quand elle se rend sans coup férir ?

C'était le cas de Philippe ; il est introduit tout naturellement sans l'assistance de saint Pierre. Il peut même réserver son apôtre ; mais Philippe avait compté sur lui et tourné un compliment à son intention ; or, le jeune homme n'était pas si à l'aise avec la dame, pour perdre un thème de conversation préméditée. Seulement il attendit l'à-propos.

— Oh! monsieur, continua la veuve, je n'oublierai jamais le service que vous m'avez rendu. Sans vous, la pendule de ma mère...

— Madame! fit le jeune homme avec modestie.

— Je ne regrette qu'une seule chose, c'est de ne vous avoir pas rencontré plus tôt.

— Et moi donc! je le regretterai toute ma vie, s'écria Philippe avec une intention sentimentale qui n'était pas dans l'esprit de la veuve.

La version imprévue de sa phrase troubla la comtesse au point qu'elle rougit, et s'empressa de corriger l'ambiguïté de ses expressions.

— En effet, si je vous eusse rencontré plus tôt, ma pendule fût arrivée entière.

Philippe baissa la tête pour avoir l'air d'expier un barbarisme en matière de sentiment;

mais, au fond, il connaissait sa faute avant de la commettre.

— Mais enfin, poursuivit la dame, j'ai, grâce à vous, sauvé le plus important de ma pendule, et sans une heure perdue...

— Quelle heure est-ce? demanda le jeune homme.

L'amphibologie de son interrogation fit rire la dame; mais avant qu'elle eût répondu, Philippe ajouta :

— Je gage que c'est l'apôtre saint Pierre?

— Précisément, c'est lui qui me manque, reprit la veuve étonnée; mais comment savez-vous?...

— Parce que je l'ai trouvé et que je vous le rapporte.

— Pas possible ! s'écria la dame ébahie.

— La preuve, c'est que voici votre dernière heure, dit Philippe en présentant l'apôtre à la comtesse.

Celle-ci examinait le saint, le maniait, le considérait avec surprise.

— En vérité, c'est bien lui, disait-elle... Je le reconnais, ce transfuge ; mais je n'en reviens pas... C'est bien singulier que ce soit vous qui...

— Nullement, madame, interrompit Philippe qui trouvait son joint ; rien de plus naturel, au contraire ; saint Pierre, en m'introduisant ici, n'a pas changé de rôle ; ne tient-il pas toujours les clés du paradis ?

La jeune veuve laissa poindre sur ses lèvres un murmure et un sourire approbateurs. Philippe était au comble de la joie ; il venait de réparer la gaucherie de son entrée, et de sauver sa réputation en prouvant que si un mot se rencontrait sur sa route, sa timidité ne l'empêchait pas toujours de le ramasser.

Rien n'encourage comme le succès.

Cet entretien, enjoué d'abord, prit un carac-

tère plus sérieux. Toute conversation, quand
elle a dévoré les lieux communs, languit, à
moins que, pour l'alimenter, on n'y jette des
choses personnelles : entre gens qui sympa-
thisent, ces choses-là sont intimes, non que
cette intimité ressorte des paroles qu'on
échange, mais elle perce dans le geste,
dans le ton, dans l'accent; les mots les
plus indifférens, par la manière dont on les
prononce, équivalent à des expressions brû-
lantes de tendresse ; tous signifient la même
idée, la seule qu'on ne formule pas : « Je vous
aime ! » Car il est à remarquer que cette parole
n'est déjà plus dans le cœur quand elle est sur
les lèvres : c'est un sentiment, vous en faites
un mot.

La causerie suivait à son insu une pente
perfide : tout à coup un incident vint en dé-
tourner le cours : onze heures sonnaient à la

fameuse pendule qui était dans le salon voisin.

Ce bruit fit bondir Philippe sur sa chaise.

— Qu'avez-vous, monsieur ? lui demanda
la comtesse.

— Oh ! rien, réponditle jeune homme. J'é-
tais effrayé de la rapidité du temps ; mais votre
présence m'explique tout... Si j'ai bien compté... déjà onze heures...

La dame sourit.

— Onze heures ! c'est pousser trop loin la
flatterie... Midi, s'il vous plaît !

— Midi ! s'écria Philippe.

— Et vous le savez bien, complimenteur.

— Midi ! répéta le jeune homme, c'est impossible ; à midi, je serai près de Mevoisins.

Puis regardant la veuve qui riait de son incrédulité :

— Ah ! ce rire vous trahit : vous vouliez
m'épouvanter, n'est-ce pas ?... Eh ! tenez...
Ecoutons !

La pendule répétait.

— Huit, neuf, dix et onze... Eh bien ! madame, qui avait raison?... Soutiendrez-vous qu'il est midi?

— Très certainement.

— N'avez-vous pas entendu sonner onze heures ?

— Pardon, monsieur, j'ai distinctement entendu onze heures; mais il y manque celle que vous venez de tirer de votre poche. L'apôtre n'est pas encore à son poste.

—O mon Dieu! j'y suis; je comprends tout, s'écria le gentilhomme en se levant: ce diable de saint Pierre se venge... Et moi qui devrais être rentré à Mevoisins... On aura découvert mon escapade.

— Une escapade! reprit la dame un peu alarmée : vous n'êtes donc pas libre?

— Hélas! je suis encore mineur; mais ça finira bientôt.

— Vous me conterez tout cela.

— Volontiers, madame ; si vous daignez me réitérer la faveur de vous voir.

— Je suis très curieuse, observa la dame pour toute réponse.

Philippe n'en demandait pas davantage. Il prit congé de la comtesse, et une minute plus tard il était en selle. Si vite qu'il s'éloignât, il ne put se dispenser de retourner la tête, au risque de se rompre le cou : cette audace, aussi bien que la vertu, porta avec elle sa récompense.

Le cavalier aperçut derrière la fenêtre du balcon une forme indécise, que son regard effaroucha et fit s'évanouir aussitôt.

— C'est égal, elle y était ! pensa Philippe en courant avec plus de joie.

Si certains animaux ruminent leur nourriture, l'homme a pour habitude de ruminer ses actions, et l'importance de celle que venait d'accomplir Philippe devait moins que toute autre la soustraire à cette revue.

En conséquence, le neveu du baron recomposa la scène dans laquelle il venait d'être acteur : pour mieux se juger, il se fit son propre parterre et se regarda jouer ; il représentait au naturel l'amoureux de la veuve et saint Pierre remplissait le rôle de traître. Il reconstruisit les gestes de la comtesse, son air, ses poses ; remémora jusqu'à ses moindres intonations : en même temps, il se voyait lui-même, examinait ses propres réponses, sa tenue, son esprit, ses balourdises. De compte fait, il se trouva assez content de la pièce pour se demander *bis*.

Il n'est qu'une chose sur laquelle notre mineur ne réussit pas à conquérir son propre suffrage : en se séparant de la veuve, il avait négligé de lui baiser la main ; or, autant qu'il se le rappelait, cette blanche main était à sa portée.

Ne pas s'en saisir, n'était-ce pas faire le procès à la comtesse? n'était-ce pas lui signifier
qu'elle allait trop vite, puisqu'on restait en
arrière ? La timidité mal interprétée ressemble
si fort à de l'effronterie...

La conclusion de tout cela fut cette exclamation : « Oh ! si j'étais à recommencer! »

Ici, le cheval de Philippe trempait ses quatre
sabots dans l'Eure ; cette rivière, qui coupait
le paysage, produisit un effet analogue dans
l'esprit du jeune Lanta : d'un côté Fontgiève,
de l'autre Mevoisins. Au delà, il s'était livré
tout entier à son amour, à sa dame ; en deçà,
il ne vit plus que son précepteur et son oncle :
tout s'effaçait devant la perspective peu at-
trayante de son retour.

— On m'attend, on me cherche peut-être...
Que doit penser Guerlus?... Si par malheur
mon oncle était arrivé de Paris !

En même temps, il pressa l'allure de son

cheval. Dès qu'il fut en vue de Mevoisins, Philippe s'engagea dans un chemin couvert, et s'inclina sur la selle afin de n'être pas aperçu : chemin faisant, il essuya ses bottes, secoua la poussière de ses habits, et, après avoir mis son cheval en lieu sûr, il prit un livre dans sa poche, et se dirigea vers le château d'un air méditatif.

Cependant son cœur battait bien fort... Il entre avec effroi... Personne. Il demande des nouvelles de Guerlus. O bonheur ! il n'était pas encore rentré, et ce ne fut qu'une demi-heure après que le philosophe revint tout essoufflé, demandant pardon de ce retard à son disciple : celui riait sous cape en recevant hypocritement les excuses du vieillard ; dix fois, il fut tenté de le remercier plutôt et de se jeter à son cou : bien entendu qu'il n'en fit rien. De cette façon, la première visite de Philippe passa inaperçue ; les suivantes ne furent pas

moins heureuses, mais à la condition d'être
excessivement rares. Pour les suppléer, Philippe recourut à la correspondance. Et, se-
condé de Laverdure, le concierge de Font-
grève, le jeune Lanta inventa cette petite
poste, dont le hasard découvrit la manœuvre
au baron de La Briffe, auquel il est bien temps
de revenir.

V

Un savant qui ne sait rien.

Jetez un caillou dans une eau stagnante, à l'instant tous les hôtes du marécage, que le soleil retenait sur ses bords, se précipitent confusément, et la limpidité de l'eau disparaît sous des tourbillons de vase : c'est exactement ce phénomène que l'épisode du papier aérien opéra dans l'esprit du baron : et pour plus de similitude, c'était aussi un caillou, mais un caillou remorquant un billet, et ce n'était pas dans l'eau qu'il était tombé.

Combien le tuteur était loin de s'attendre à un trait pareil ! S'être ingénieusement cons= truit une nacelle afin de descendre en paix le

fleuve de la vie ; l'avoir adroitement pavoisée
de deux couleurs, pour dire selon les lieux :
Vive le roi ! vive la Ligue ! à Paris, vive le
plaisir ! à Mévoisins, vive la sagesse ! et tout
d'un coup voir ce laborieux agencement se
disloquer : avoir au lieu d'un fleuve un torrent, au lieu d'une nacelle une planche qui
n'était pas celle du salut : voilà ce qu'entrevit
le baron dans le coup d'œil effrayé qu'il jeta
sur sa position présente et sur son avenir in-
certain.

Quoi ! ce serait donc en pure perte qu'il
aurait séquestré son neveu ? en pure perte
qu'il aurait découvert Gerlus ? Fallait-il renoncer à des calculs si bien établis ? Le tuteur avait compté faire durer ses fonctions
au delà du terme fixé par la loi : dans un an,
sa tutelle allait finir de droit, mais n'espérait-
il pas la continuer de fait ? Il avait rêvé que ce
supplément de tutelle à l'amiable ne cesserait

au plus tôt que lorsque Philippe aurait atteint
ses vingt-cinq ans ; âge auquel il pourrait se
passer du consentement de l'oncle pour se
marier, à supposer qu'il se mariât. La Briffe
s'était flatté du contraire, et il n'avait rien
épargné pour dissuader, de longue main,
Philippe du mariage. A tout propos, La Briffe
chantait des dythyrambes à la gloire du céli-
bat, et sacrifiait sur cet autel la mémoire de
la défunte baronne. Il ne parlait de la mort de
celle-ci que pour dire : « Quand je fus délivré
de ma femme, » ou bien encore : « Ce fut un
beau jour pour moi, mon cher neveu, mais
pas aussi beau que celui où j'eus le bonheur
de perdre votre tante. » De son côté, Guerlus,
par ordre du baron, avait colligé dans les
vieux phlosophes, tous les passages où le
sexe était maltraité, et il dissertait là-dessus
à perte de vue et de voix.

Que pouvait-il craindre, l'oncle, derrière

ce rempart de précautions ? Le seul homme
capable de l'inquiéter était par bonheur à
Munich, et le marquis de Parazol avait beau,
de temps à autre, reprocher par correspondance quelques opérations équivoques au tuteur, celui-ci brûlait la lettre et n'en gardait
pas l'esprit : il en avait trop pour redouter
des menaces si lointaines.

Eh bien! cet édifice devait-il donc s'écrou-
ler par l'intérieur? Philippe n'avait-il pas répondu aux soins d'une éducation toute spé-
ciale? Avait-il eu la hardiesse de penser des
femmes plus de bien qu'on ne lui en disait?
Ou bien avait-il voulu s'assurer par lui-même
si le mal était réel, et en parler ensuite par
expérience? « Visage d'homme fait vertu, »
dit Malherbe ; et visage de femme donc !

Le baron comprit qu'il allait tomber dans le
précipice qu'il s'était le plus étudié à éviter.

Ce billet n'indiquait-il pas qu'une amourette
était sous jeu ?

Jugez de l'effroi de l'oncle. Il en fut comme
pétrifié. Quel parti prendre ? Fallait-il céder
sans lutte et se désespérer sans examen ? L'inclination de Philippe pouvait être d'une nature bénigne : il y avait peut-être du remède ;
néanmoins, avant toute réflexion, La Briffe
se vit complétement ruiné. Son premier mouvement le poussait à éclater sur l'heure, à
prendre à partie son neveu, à lui demander
un compte sévère de ce message, de son con-
tenu, de son adresse. Toutefois, rompre en
visière si ouvertement répugnait au caractère
du baron : il jugea dangereux d'engager un
combat sans connaître ni les armes, ni le
terrain de l'adversaire. Or, La Briffe manquait
de ces notions; mais ce dont il ne manquait
pas, c'était d'un courroux d'autant plus vi-

goureux qu'il se crut obligé de n'en rien donner à connaître à celui qui l'avait excité.

L'oncle feignit de n'avoir rien vu, se con-
tentant de dire à l'homme au chapeau :

— Quand on ne demande pas l'aumône,
on ne prend pas la posture d'un mendiant.
Après quoi le baron releva l'écu de six livres
qu'on lui retournait, et s'en revint comme il
était venu.

Philippe se laissa prendre à l'ignorance
qu'affectait son tuteur : au fond il n'était pas
exempt de quelques doutes, mais il se garda
bien de les éclaircir. Si on l'eût interrogé,
comme il lui en eût coûté autant de dire la
vérité que de mentir, il préférait n'être pas
mis en demeure de répondre. De là à se figurer
que l'on ne savait sur quoi le questionner il
n'y avait qu'un pas, et Philippe le franchit,
surtout quand, rentré derrière le baron, il vit
celui-ci lui parler comme de coutume et se

mettre à table. Au souper, silence absolu sur
l'épisode de la promenade ; ce qui acheva de
rassurer le neveu. M. de La Briffe paraissait
même, ce jour-là plus jovial que d'habitude.
Le précepteur, qui ne voyait jamais plus loin
qu'on ne lui montrait, prit cette gaîté argent
comptant, et le voilà qui, sur la foi des apparences, se mit à renchérir sur l'enjouement
du baron.

La Briffe était sur des épines : cette joie si
franche désespérait sa joie artificielle : aussi,
quand Philippe avait la tête tournée, une
œillade furibonde du maître ou un geste
menaçant traversaient la table et allaient
tomber à plomb sur Guerlus stupéfait. Le
pauvre percepteur balbutiait alors, déconcerté dans son rire et dans ses paroles, laissant sa phrase à moitié et sa pensée en chemin, ce qui produisait l'effet le plus étrange
sur Philippe qui n'avait pas vu la pantomime.

L'oncle, tremblant que le neveu ne prît

ombrage de la maladroite réticence du vieillard :

— Eh bien! disait-il, qu'avez-vous donc,
Guerlus, pour rester court?... Continuez!

— Oh! rien, répliquait le vieillard.... Que
voulez-vous? la nature humaine... J'avais un
éblouissement. Le baron partait d'un éclat de
rire, et, pour donner le change au neveu, recommençait ses plaisanteries : aussitôt Guerlus de se lancer de plus belle sur la foi des apparences.

Le baron, dépité de voir le précepteur oublier le *veto* subreptice, frémissait dans son
coin et cherchait une nouvelle occasion de
fulminer la verve de Guerlus. Ce dernier ne
comprenait rien à cette mimique, et finit par
ne plus regarder que son assiette.

Le souper se passa de la sorte, et dom Guerlus, à qui son estomac et sa conscience ne
reprochaient rien, digéra aussi vite le repas
que la fureur énigmatique du baron, et alla se

coucher; mais, comme lui, tout le monde ne dormit pas du sommeil du juste.

Il ronflait déjà très bravement, le cher homme, quand la porte de sa chambre se rouvrit et se ferma avec une égale précaution. La personne qui entrait ainsi tenait un flambeau à la main et marcha tout droit au lit du philosophe; mais une fois là, au lieu d'admirer le grotesque profil que dessinait sur un chevet des plus flasques l'osseuse figure de dom Guerlus, le survenant prit le dormeur par l'éminence qu'il jugea être une épaule et le secoua vertement.

Un grognement vague, suivi d'un bredouillement de quelques paroles inarticulées, fut l'unique réponse à cet appel muet : le ronflement du dormeur avait cessé, mais son œil ne s'ouvrait pas; guerlus serra machinalement sa couverture et se retourna de l'autre côté. Une nouvelle secousse, mais plus vive que la première, vint le déranger dans sa

nouvelle position : cette fois le dormeur remua
ses bras aussi bien que ses lèvres ; il clignota
des yeux, et, en s'agitant, il souleva sa tête
comme une grenouille qui regarde sur l'eau.

Dans les conditions où se trouvait le philosophe, une visite ressemble toujours à une
apparition qui, littéralement, tomberait des
nues : les gens qui vous visitent ont pour
vous l'air de descendre du ciel, et un flambeau ne sert encore qu'à rendre l'illusion
plus complète. Guerlus fut effrayé sans savoir
de quoi ; ses yeux qu'il essayait en vain d'é-
carquiller se refermaient sous la pesanteur
du sommeil ou l'éclat de la lumière ; ses lèvres restaient béantes comme une grenade
entr'ouverte par le soleil. Il laissa échapper
un de ces cris comme seule peut en inventer
la surprise mariée à la terreur.

Le précepteur était trop philosophe pour
avoir la vision de Jacob : en outre, le survenant était si loin de ressembler à un ange !

C'était le baron de La Briffe ; le baron, qui, effrayé à son tour par le cri de l'homme qu'il effrayait ; posa sa main sur la bouche de Guerlus, en *s'écriant tout bas :*

— Malheureux ! songez donc que Philippe couche au dessous, et qu'on pourrait nous entendre.

Dom Gerlus était incapable de recevoir une impression fidèle de ce qu'il voyait et entendait. Ces tables noircies sur lesquelles les écoliers tracent des figures ont besoin d'être essuyées pour en recevoir de nouvelles, sous peine de brouiller tous les signes: or, l'intelligence de Guerlus n'était pas élucidée encore ; c'est pourquoi elle ne reproduisit distinctement que cette fraction de la phrase du tuteur : *On pourrait nous entendre.*

— Qui peut craindre d'être entendu ?

La réponse que se fit Guerlus à cette question mentale le remua comme eût fait une décharge électrique. Il fut porté d'un bond sur son séant, en face de l'assassin présumé... qu'il reconnut aussitôt après pour être le baron. Ces deux idées qui, chez le pédant, se suivirent sans se ressembler entrechoquèrent leurs expressions sur la figure et dans la bouche de dom Gerlus : il cria d'abord au secours malgré son bâillon, et s'arrêta aussitôt devant le témoignage de ses yeux.

— A l'aide!... à l'assassin!... au... Ah!... c'est vous, monsieur le baron.

— Plus bas, scélérat! reprit ce dernier en suivant le conseil qu'il donnait.

— Vous m'avez fait une fameuse peur, continua l'autre qui tremblait toujours, et dont le visage était encore tout bouleversé.

— Parlez donc plus bas ! interrompit le baro.

— Oui ! vous avez donc peur de réveiller

quelqu'un ? répondit Guerlus en baissant le ton ; je suis à vous, le me lève !

— Du tout ? restez-là ! vous feriez du bruit.

Ce que disant, le baron pesa de ses deux mains sur le vieux précepteur, et le contraignit de s'étendre comme on aplatit sur son dos un livre qui tend à se refermer.

Guerlus se laissait faire et ne savait comment expliquer cette brusquerie et ce mystère.

Le baron posa la lumière qu'il tenait sur une table sans pour cela lâcher entièrement sa victime.

Cloué dans cette posture horizontale, dom Guerlus, pour regarder son bourreau, était obligé de cligner aux trois quarts les yeux, ce qui revient presque à dire qu'il ne pouvait y voir que les yeux fermés.

Le gentilhomme s'y trompa ; il crut que sa victime cédait au sommeil.

— Eh ! quoi, monsieur le pédant, dit-il en

le pinçant au bras, est-ce que vous allez vous rendormir?

— Aïe! s'écria le percepteur.

— Silence! fit le baron, se revanchant par la brutalité du geste des ménagemens qu'il s'imposait dans la voix. Silence!

— Silence! répéta Gurlus: je le veux bien; mais si vous me pincez encore...

— Pourquoi vous rendormiez-vous?

— Moi, me rendormir! je n'en ai pas envie, monsieur le baron.

— Ne me nommez pas!.. Vous parlez encore trop haut! chut!...

Alors s'engagea entre ces deux personnages un dialogue bizarre, en ce que la sourdine avait été mise; la pantomime était vive de part et d'autre; mais la voix restait baissée : à les entendre ainsi, ou plutôt à ne pas les entendre, on se serait cru sourd, à moins de les croire muets.

Le baron croisa les bras.

— Monsieur le pédant, que fait votre disciple en ce moment? veuillez me le dire.

— Je pense qu'il dort, répliqua flegmatiquement Guerlus.

Le baron l'examina pour voir si le vieillard ne se moquait pas de lui ; mais il ne lut que la naïveté la plus innocente sur cette figure aux yeux baissés.

— J'en étais sûr, monsieur ; je vois que vous ne savez rien.

— Un poète persan a dit : Le sage sait qu'il ne sait rien.

— Au diable vos sornettes, fit le gentilhomme impatienté sans élever pourtant le son de sa voix. Je veux dire que vous n'êtes pas du tout attentionné à votre charge ; vous surveillez très mal mon neveu.

— Oh! monsieur le baron, si l'on peut m'accuser!... Je le surveille selon la mesure

prescrite par Quintilien : « Soyez plus assidu
qu'incommode : *Assiduus sis potiùs quam
immodicus.* »

— La peste vous étouffe, avec votre latin !..
Vous êtes cause que tout est perdu.

— Comment ! quelque malheur serait-il
tombé sur votre famille ?

— Le plus grand de tous.

— Le plus grand de tous ! répéta Guerlus,
qui, emporté par l'élan de sa surprise, voulut
se relever ; mais le bras inflexible du baron
le retint à la même place. Vraiment ! vous
m'épouvantez, ajouta le précepteur couché
sur la nuque ; le plus grand de tous les mal-
heurs ! je ne le connais pas, car les degrés du
malheur et du bonheur.....

— Ecoutez-moi donc, interrompit La Briffe :
ce soir même j'ai rencontré mon neveu sur
les bords de l'Eure ? et qu'y faisait-il ?

— Vous me le demandez ?

— J'en aurais le droit, si vous faisiez votre devoir... J'ai surpris Philippe jetant un papier plié autour d'un caillou dans un chapeau qui attendait à l'autre bord.

— Un chapeau ! répéta Guerlus sans bouger ; j'avais bien lu qu'un Brutus s'était servi de pigeons, et Cecinna d'hirondelles pour porter des messages ; mais employer un chapeau !...

— Ce chapeau n'était pas seul.

— Je m'en doutais, observa le philosophe ; car une tête peut aller sans chapeau, tandis qu'un chapeau ne...

— Silence ! C'est donc ainsi, interrompit le baron exaspéré, que vous vous appitoyez sur un malheur dont vous êtes la cause ?

— Quel malheur? dit Guerlus.

— Vous ne comprenez donc pas?... Ce billet, à qui était-il destiné?

— Si vous tenez à le savoir, je le deman-
derai à votre neveu.

— Double sot ! Mais au contraire, je tiens
à ce que Philippe ne me croie pas instruit.

— Très bien! Vous voulez le secret. Un
cœur sans secret, c'est une lettre ouverte. Et
j'aime moins Alexandre VI, qui ne faisait
jamais ce qu'il disait, que son fils, qui ne disait jamais ce qu'il faisait.

— Il s'agit bien de cela... Qu'allez-vous
chercher? Je vous parle d'un billet; que
prouve ce billet?

— Il prouve que la personne à qui on s'a-
dresse sait lire.

— C'est tout ce que vous en concluez ?reprit
le baron... Ne voyez-vous pas que ce message
s'adresse à une femme dont mon neveu est
aimé peut-être?

— Aimé, il vaudrait mieux qu'il fut craint;
car, selon Pline-le-Jeune, si la crainte s'en

va avec la personne qui l'inspire, l'amour, au
contraire...

— Allez au diable ! interrompit le baron
d'une voix étouffée.... Vous abusez de ce que
je ne puis vous gronder à l'aise... Oh ! si je
pouvais crier !... Vous me citez des baliver-
nes au lieu de me donner un conseil...

— Un conseil désintéressé, a dit Olympio-
dore, équivaut...

—Taisez-vous ! tenez, vous n'êtes bon à rien.
Vous ne savez ni vous conduire, ni conduire
les autres... Par votre négligence, vous me
ruinez.

Pour le coup, le précepteur n'y tint plus ;
il se leva sur son séant, et le baron oublia de
s'y opposer :

— Je vous ruine ! monsieur le baron, s'é-
cria-t-il autant que la sourdine le permettait...
Mais pour vous rendre votre fortune, je ferai
une spéculation comme Thalès de Milet, qui...

— Impossible de parler raison avec vous,
interrompit le tuteur impatienté. Je vous dis
que mon neveu est amoureux.

—Que voulez-vous que j'y fasse ! nature humaine... A propos, et de qui est-il amoureux ?

— Est-ce que je le sais ? mais je veux le
savoir.

— Vous ferez bien, le cardinal Manuce pré-
tendait...

— Et vous m'y aiderez, poursuivit La
Briffe, sans rien écouter.

— A quoi ? demanda Guerlus.

— A découvrir le correspondant de mon
neveu.

— Volontiers ; Paterculc veut qu'aux grandes affaires, on emploie de grandes auxiliaires.

— Encore !... Ne parlez pas !.. Demain je
trouverai un prétexte pour colorer votre absence ; vous traverserez l'Eure... Vous visi-
terez les lieux environnans... je l'aurais fait

moi-même si, plus que vous, je n'étais exposé
à attirer l'attention, ce qu'il faut éviter autant
que possible... Ecoutez-moi bien... Vous de-
vrez vous enquérir adroitement des personnes
qui habitent les localités voisines... vous pren-
drez des informations sur leur âge, leur sexe,
eur qualité, leur état, leurs mœurs... Enfin,
tout ce qu'on voudra vous dire ou que vous
pourrez deviner, vous le coucherez par écrit...
Le tout sans faire semblant de rien... Et jusqu'au succès complet de vos recherches, toutes les nuits, à cet heure-ci, je viendrai entendre votre rapport de la journée... Vous
m'avez compris, n'est-ce pas ?

Dom Guerlus, à qui on avait interdit la parole
après lui avoir interdit la voix, chuchotta une
affirmation : le tuteur leva la mystérieuse
séance, et disparut sans faire plus de bruit que
s'il eût mar- ché sur du coton.

Le lendemain, à la même heure, nous retrouvons le baron de La Briffe à côté de ce
lit. Guerlus était tellement fatigué de ses courses du jour qu'il aurait dormi debout ; c'est
bien le moins qu'il ronfle couché. La prévision de la visite du tuteur a été impuissante
pour garantir le vieillard contre le sommeil.

La Briffe, comme la veille, secoua Guerlus
d'importance pour le réveiller :

— Guerlus ! c'est moi, dit-il à voix basse.
Qui m'a vu un dormeur pareil !

— Hein !... quoi ! que me veut-on ?

— Parbleu ! c'est moi. Vous savez bien ;
regardez-moi donc ! Est-ce que vous ne m'at-
tendiez pas ?

— Ah ! j'y suis... Pardon ; mais la nature
humaine... J'ai eu beau faire... Ah ! le joli
rêve que je faisais, poursuivit le vieillard. en
étirant ses membres... J'étais au cœur de

syriaque, et monsieur Mitouart dissertait sur le grand tout et sur l'âme du monde.

— Vous me conterez cela une autre fois, interrompit le baron. Avez-vous fait votre rapport?

— Oui, monsieur le baron.

— Ecrit sans doute?

— Ecrit de notre main; l'écriture, c'est la parole sculptée: par l'écriture, d'un vain son vous faites un monument. Car de même...

— Cela suffit. Où l'avez-vous, ce rapport?

— Je l'ai ici, sous mon oreiller, comme une épée de chevet.

Effectivement, le précepteur retira de l'endroit indiqué une feuille de papier chiffonnée par la chaleur et la pression.

— Très bien! Lisez, je vous écoute, dit le baron en s'asseyant.

Le vieillard prit ses lunettes sur la table de nuit, et lut tout bas ce qui suit : « Aujour-

d'hui mardi, le 3 du mois de mai de l'année
1785, moi Joseph Guerlus, être parti de grand
matin, à cheval et à jeun, du château de Mevoisins... »

— Au fait ! au fait ! Passez le protocole.

— Impossible, monsieur le baron, de rien
omettre : tout est essentiel ; car, puisque...

— Eh bien ! lisez, fit le barron pour couper court, espérant que quelque fruit le dé-
dommagerait de toutes ces broussailles.

— Je recommence, fit Guerlus... ta... ta...
j'y suis : « Être parti de grand matin, à cheval et à jeun du château de Mevoisins. Chemin
faisant, m'être occupé de la mission ; l'avoir
jugée peu honorable et voisine de l'espionage.
Avoir réfléchi alors que l'empereur Théodose,
par une loi, punissait de mort à sa troisième
dénonciation tout délateur même véridique :
incontinent avoir songé à rentrer au logis
sans passer outre. »

— Oui-dà! maître sot... De quoi vous avisez-vous ? J'aurais bien voulu voir cela! interrompit le baron avec humeur.

— Attendez le correctif, monsieur le baron.

« Néanmoins, ayant considéré que le gouverneur est l'œil de l'élève, le chien de cet aveugle; qu'il doit préserver mondit aveugle de toute pierre d'achoppement, et que la femme en est une; pour ces motifs, avoir continué ma route et être arrivé au-delà de l'Eure au lieu dit Chauvillez. »

— Ah! enfin... dit le baron, qui avait cru ne jamais se dépétrer du préambule; voyons un peu !

— « A Chauvillez, avoir, pour colorer notre intrusion, demandé d'abord à déjeûner. Avoir mangé de bon appétit... avoir ensuite fait jaser le fermier, et, par ce stratagème, avoir découvert qu'un vieux bénéficiaire et sa servante résident dans cette agréable habitation. »

— Passez !... Ce n'est pas là, remarqua le le tuteur. Puis, où êtes-vous allé ?

— « De Chauvillez, nous être rendu, à la rage du soleil, au château de Sourd. Avoir redemandé à manger, plus par ruse que par besoin...

— Je crois bien, vous sortiez de déjeûner, remarqua le baron.

— Je n'en disconviens pas ; et je continue : « Avoir mangé une tranche de jambon pour cacher notre jeu. Avoir appris ensuite n'y avoir personne au château, les propriétaires n'étant attendus que dans trois semaines. »

— Vous auriez pu savoir cela tout de suite, objecta La Briffe.

— C'est possible, monsieur le baron ; mais je n'y ai songé qu'en sortant de table.

— Allez toujours.

— « De Sourd, être allé jusqu'à Harleville, magnifique domaine... Avoir cherché un nouveau prétexte pour nous introduire ; mais n'en avoir pas trouvé : alors ayant considéré que le premier expédient avait réussi, et que d'ailleurs c'était l'heure du dîner, avoir demandé de la nourriture. Avoir, pour cacher nos desseins, mangé une omelette et une tranche de gigot ; mais ayant affaire à un fermier taciturne, n'avoir rien appris. »

— Au diable le stupide mangeur ! fit le baron, qui s'attendait à un autre dénouement.

— Ce n'est pas fini, veuillez m'écouter : « Mais avoir entendu en partant la voix d'une femme qui disait : *Vous êtes un vieux singe !* »

— C'est peut-être là ; vous vous y serez mal pris. La voix d'une femme... *Vous ! êtes un vieux singe !* Dites-moi, Guerlus, la dame en disant cela ne vous regardait-elle pas ?

— Non, monsieur le baron ; cette voix partait d'un pavillon fermé.

—J'ai des soupçons : Harleville, dites-vous..
J'irai voir moi-même ; est-ce tout ?

—Non, monsieur ; il y a encore un dernier
article. « De là, après deux heures de marche à droite, avoir mis le pied à terre à Fontgiève ; superbe château. Avoir parlé au concierge, pour obéir à l'inscription impérative
de la porte d'entrée : ce concierge être un
homme peu communicatif... Alors, avoir demandé à manger et à boire. Avoir mangé et
bu par continence. »

— Par continence ? répéta le baron qui ne
put réprimer un éclat de mauvaise humeur.

— Par *contenance*, reprit Guerlus. Un *i*
pour un *e*. Ensuite il poursuivit sa lecture
« et bu par contenance et pour ne rien donner à connaître ; avoir invité le concierge à
notre repas : le valet, à la quatrième bou-

teille, avoir déclaré se nommer Laverdure...
Encouragé par cette importante découverte,
avoir fait apporter d'autre vin... Par ce
moyen avoir tout appris... La maîtresse du
château être une jeune veuve appelée madame
Lysimène, comtesse de Vertamy. »

—Seule? demanda le baron avec une grande
curiosité.

— Seule avec ses gens, répondit Guerlus
après avoir consulté son rapport.

— C'est sans doute cela, continua La Briffe·
Donnez-moi ce papier. Oui, c'est Harleville
ou Fontgiève. Qu'en pensez-vous, Guerlus ?

— Eh! eh! j'y réfléchirai. Il est des caractères d'antipéristase qui répondent sur le
champ; car ce qui ne leur vient pas d'abord,
ne leur vient jamais ; moi, rien ne me vient
d'abord, et tout ne me vient pas plus tard ;
mais, j'y songerai, et...

Le tuteur n'écoutait pas ce radotage scien-

tifique ; il parlait seul , d'un air tout animé ;
sans oser cependant élever la voix ni changer de place. Une veuve, disait-il, ce serait la
pire espèce : c'est la femme expérimentée avec
tous les droits de la jeune fille novice. Je serais perdu et mon neveu aussi. Demain je
saurai tout... Guerlus , le plus grand secret
sur ceci! Harleville ou Fontgiève ; je trouverai bien. Adieu !

VI

La Chasse aux Femmes.

Le lendemain, Guerlus et Philippe étaient seuls à Mevoisins : la baron de La Briffe s'était mis de bonne heure en campagne. Il chemina devant lui un peu au hasard, ne voulant pas interroger les paysans qu'il rencontrait aux environs du château, de peur d'ébruiter ses desseins. Après une heure de marche, quand il eut mis la rivière de l'Eure entre son point de départ et lui, le baron s'informa d'un berger s'il y avait loin pour aller à Harleville, et quel chemin il fallait prendre.

— Harleville !... Le berger répéta ce nom en guignant le ciel, geste de fâcheux augure

pour la proximité du lieu qu'on demande.
Ah ! je sais ce que vous voulez dire, répondit
le chercheur après une pause. Harleville ! vous
en êtes loin, monsieur, vous lui tournez le
dos : il faut reprendre le même chemin, puis
vous trouverez une route à droite dans les
prés, ensuite un sentier à gauche dans les
champs, vous le suivrez, et de là dans trois
heures, trois heures et demie, vous arriverez
à Harleville.

— Et le château de Fontgiève ? demanda le
baron, que cet intinéraire et cette distance
avaient effrayé.

— Le château de Fontgiève, répliqua le
berger, blessé de ce qu'au lieu de mettre à profit
ses renseignemens on lui en demandât de nou-
veaux, qui rendaient les premiers inutiles. Le
château de Fontgiève, mais ce n'est pas du
tout la même chose ; vous demandez Harleville.

— C'est vrai, j'ai demandé Harleville, mais si Fontgiève était plus près...

— Eh! qu'est-ce que cela fait, que Fontgiève soit plus près, à quelqu'un qui va à Harleville? répondit le pâtre, en grognant; si vous ne savez pas où vous allez, ce n'est pas moi qui puis vous le dire.

Le tuteur voulut s'expliquer, mais en pure perte ; l'obstiné pasteur ne démordait pas de son idée.

— Allez! allez! on ne demande pas Harleville, lorsqu'on va à Fontgiève.

La Briffe ne s'opiniâtra pas plus long-temps; les gros mots allaient sortir : quand après l'eau claire vous tirez de l'eau bourbeuse, ne puisez plus, sinon la boue arrive.

Le baron laissa là ce puits d'ignorance grossière, pour tirer ses renseignemens d'une source plus pure. Seulement, cette fois, il se garda bien de demander deux choses, dans la crainte de n'en obtenir aucune.

Un charretier vint à passer par là.

— Eh! l'ami, lui cria le baron : le château de Fontgiève?

— *Fontgiave,* répondit le roulier; est-ce pour vous gausser, monsieur?

— Du tout, c'est pour le savoir.

Ce mot, et la manière franche dont il fut lancé, opérèrent sur le roulier.

— C'est à deux portées de fusil, dit-il. Allez tout *dret,* et quand vous serez là-bas près de cette *farme,* vous verrez *Fontgiave,* tout comme je vous vois!

— Merci bien !

Le baron piqua de la moitié des deux et partit.

La première personne que La Briffe rencontra, pour lui ouvrir la porte du château, ce fut le concierge Laverdure. Le baron reconnut

aussitôt en lui l'homme au chapeau, le facteur
de Philippe : dès lors, plus de doutes pour le
gentilhomme, il tenait le nid et le nœud de
l'intrigue.

Laverdure, de son côté, considérait le baron
avec l'inquiétude d'un homme qui cherchait
à fixer à une figure qu'il retrouve un souvenir
qu'il a perdu.

— Madame la comtesse de Vertamy? dit le
baron.

— C'est ici, monsieur ; répondit Laverdure, sans détacher les yeux du visage du
tuteur.

— Je sais bien, parbleu, que c'est ici, reprit
le baron.

— Pardon, monsieur, mais j'avais cru que
vous me demandiez... Et le concierge balbutiait, toujours frappé de son idée.

— Je vous demande si elle est au château?

— Oui, monsieur, elle y est,

— Eh bien! annoncez-lui la visite du baron
de La Briffe.

— Oui, monsieur.

Mais le concierge demeurait là planté au
même endroit.

— Que faites-vous là? Quand vous me re-
garderiez d'ici à demain; ne m'avez-vous pas
entendu?

— Pardon, monsieur! c'est que... J'y vais!
j'y vais!

— Une minute! Si madame ignorait mon
nom, vous lui diriez que je suis l'oncle de Philippe.

Etrange coïncidence : l'oncle et le neveu,
pour leur introduction, se réclament l'un de
l'autre.

— Philippe, vous savez bien, ajouta le baron. Philippe de Lanta, vous devez le connaître.

— Ah! monsieur Philippe!... certainement

que nous le connaissons. Il vient quelquefois voir madame.

Le tuteur fit un mouvement qui pouvait se traduire ainsi : « Je ne croyais pas que les choses fussent si avancées ! »

Laverdure prit les jambes à son cou en se retournant néanmoins pour regarder encore le visiteur comme s'il eût espéré que le souvenir qui le fuyait dût rentrer dans sa tête par les yeux.

— « Je l'avais deviné : c'est bien elle, pensa le baron dès qu'il fut seul. Une veuve ! c'est avoir du malheur : là, juste ce que je redoutais le plus. Une veuve ! Ils s'écrivent ; ils se sont vus... pendant que j'étais à Paris sans doute ! Quelle buse que ce Guerlus ! Ça tournera mal, et j'ai bien peur pour moi... Diable de neveu ! s'aviser d'avoir une passion sans le congé de son oncle... A vingt ans... On a raison de le dire : il n'y a plus d'enfans... Autre-

fois on aimait beaucoup plus tard... quand on
aimait... Est-ce que j'ai jamais aimé, moi?... et
je ne m'en suis pas plus mal trouvé... Ça fait
maigrir... Oui, mais mon étourneau de neveu... Enfin, nous verrons... Je suis là... Au
moins je connaîtrai mon ennemie ; c'est quelque chose : je préfère un coup de poing le jour
qu'un coup de doigt la nuit... De l'adresse et
jouons serré ! »

Laverdure revint annoncer à La Briffe que
madame la comtesse était disposée à le recevoir. Le concierge guida le baron jusqu'au
petit cabinet de la veuve ; et, durant tout le
trajet, examina le visiteur de ce même regard
indécis qui fit dire intérieurement à ce dernier :

— Cet animal ne me reconnaît pas. Au fait,
tant mieux !

Le baron, en entrant, trouva la veuve ac-
coudée sur la cheminée qui était en marbre de
griotte, enrichi d'ornemens de bronze doré

d'or moulu. La comtesse avait un air mélancolique comme sa pose : son cou, fléchissant
dans un mol abandon, laissait à une main d'al-
bâtre le gracieux fardeau d'une tête pensive ;
et les cheveux noirs qu'effleurait cette main,
lui renvoyaient plus d'éclat en gardant plus
de lustre : charmant contraste, qui ajoutait
encore à la beauté de la veuve. Le baron en
fut épouvanté pour ses intérêts ; mais, en
homme qui se possède, il déguisa ses craintes,
et en prenant un air courtois :

— Madame, dit-il, j'ai cru pouvoir me présenter chez vous sous les auspices de mon
neveu.

— Soyez le bien-venu, répondit poliment
la dame ; mais veuillez m'excuser si je ne
vous fais pas plus d'accueil ; je suis sous le coup
d'une fâcheuse nouvelle qui me touche dans
ma famille.

— Oh! tant pis, madame ; je suis désolé
d'avoir si mal pris mon temps.

— Du tout, monsieur, objecta obligeam-
ment la veuve ; l'oncle de M. Philippe ne peut
jamais être importun.

Durant ce petit colloque, le baron et la
comtesse s'examinaient avec une égale curiosité. La Briffe était marri au fond de l'âme
de trouver une personne aussi accomplie.

Encore, si elle était laide, pensait-il ; si elle
était sotte, si elle était sans fortune ou sans
nom. Du tout, il faut que je tombe sur une
femme aimable, belle, riche et qualifiée ; je
suis le plus infortuné des tuteurs !

La comtesse, qui tenait à éclaircir le motif
de cette démarche, prit le détour qui voici.

— Monsieur le baron, dit-elle, je remercie-
rai votre neveu de m'avoir ménagé cette surprise, car il ne m'avait pas annoncé votre
visite.

— C'est tout simple, il l'ignore, madame.

— Ah ! reprit la veuve, vous êtes ici à son insu. Et elle se dit tout bas : Tu fais bien de parler, je me tiendrai sur la défensive.

— Oui, madame, poursuivit l'oncle, mon neveu ne sait rien ; j'ai fait comme lui : il m'avait tout caché, mais j'ai tout découvert.

La comtesse rougit légèrement sans rien répondre.

— Je lui ferai de vifs reproches sur sa discrétion, continua La Briffe. Je lui aurais pardonné, s'il se fût mal adressé, mais, madame, il ne faut que vous voir pour...

— Monsieur ! répliqua la veuve afin d'enclouer une galanterie dont elle suspectait l'intention.

— A sa place je m'en serais vanté, poursuivit La Briffe, et je lui en adresserai mes félicitations : impossible de faire un meilleur choix. Après tout, qu'est-ce que je veux moi ? son bonheur! J'en fais mon étude particulière ; je m'y applique jour et nuit ; je n'en dors pas et je tremble d'en perdre l'appétit. Ce cher enfant ! j'en raffole, madame, c'est-à-dire que ce n'est pas un neveu pour moi, un simple pupille, c'est un fils, un frère, un tendre ami... Si vous saviez combien je lui suis attaché... Je veux son bonheur avant tout, en dépit de tout : qu'il soit heureux et je serais content, mais...

Ce *mais* réveilla la comtesse ; jusqu'à cette chute, elle avait écouté, surprise, émerveillée, abasourdie : ce *mais* démolissait tout, en tout expliquant. Si on commence par vous accorder beaucoup, c'est qu'on veut vous prendre davantage : tout ce que le baron venait de dire n'était que cette couleur d'attente que mettent les peintres d'enseigne pour mieux faire mordre la couleur définitive. Au *mais* finissait le provisoire ; ce fut un trait de lumière pour la

jeune veuve, il éclairait la démarche de l'oncle ;
aussi, la comtesse interrompit-elle le baron par
ces mots :

— Je prévois, monsieur, tout ce que vous
allez me dire ; mais je ne suis pas aujourd'hui en
état de vous entendre ; voici pourquoi : aussi
bien j'allais l'écrire à monsieur votre neveu,
et si vous vouliez lui en faire part, cela me
dispenserait...

— Certainement, avec grand plaisir, madame, je m'en charge.

Le baron était tout oreilles, et la comtesse
reprit :

— Vous allez voir, monsieur, si j'ai tort
d'être affligée. Mon frère servait dans les gardes-du-corps : il s'appelle...

La Briffe, cachant une ruse de guerre sous
l'apparence de la discrétion, s'empressa d'arrêter la veuve.

— Son nom, madame, vous pouvez le taire,

dit le baron; mon neveu doit bien le savoir.

— Je ne crois pas, répliqua la comtesse :
je n'ai jamais eu l'occasion de l'entretenir de
mon frère.

— Ceci est peut-être bon à mettre derrière
l'oreille, pensa le tuteur.

— Mon frère donc, ajouta la veuve, s'appelle le chevalier de Saint-Alyre. Il était
exempt dans la sixième brigade de la compagnie des gardes, bandolière bleue; capitaine,
M. le maréchal duc de Duras.

—Exempt! peste! joli grade, observa La
Briffe : l'exempt vient après l'enseigne, et
avant le brigadier.

— Eh bien! monsieur, ce grade, cette position, une étourderie vient de les lui faire
perdre.

— On l'a cassé? Ah! c'est bien fâcheux, dit
le baron d'un ton de condoléance affectée.

Quel malheur! Croyez que j'y prends part...
Mais n'y aurait-il pas quelque remède?

— Pardon, monsieur; je l'espère du moins;
mais sera-t-il efficace?

— Pour le savoir, faut-il encore en es-
sayer.

— C'est bien mon intention, monsieur. Est-
ce que je puis rien négliger dans une affaire
où l'avenir de mon frère se trouve compromis? J'irai à Paris, solliciter en personne;
mais ce n'est pas dans mes démarches que je
compte le plus.

— Ah! vous avez tort, madame, et il faudrait que les juges du chevalier fussent aveu-
gles pour refuser quelque chose à sa sœur.

— Merci du compliment, monsieur; les
juges de mon frère sont, au contraire, trop
clairvoyans pour ne pas me refuser : une volonté supérieure à leur pouvoir s'est pronon-

cée : le roi est très prévenu contre le chevalier.

— En ce cas, j'avoue, madame, qu'il y a
peu de chose à espérer...

— De ce côté, oui, reprit la comtesse ; heureusement ce n'est pas de là que nous atten-
dons le succès. M. le duc de Duras, en m'écri-
vant cette fâcheuse nouvelle, me mande que
mon frère était aimé dans sa compagnie, que
ses camarades ont décidé de ne pas prendre sa
place.

— Ajax n'obtint cet honneur qu'après sa
mort.

Le comtesse ne s'arrêta pas à cette rémi-
niscence historique de La Briffe.

—Vous pensez bien, poursuivit-elle, que cette
démonstration fera le plus grand bien comme
le plus grand honneur au chevalier : cela fera
revenir les esprits à l'indulgence ; car il est
bien certain que les camarades laissant l'em-

ploi de mon frère libre, les gens du dehors ne s'aviseront pas de venir l'occuper. De cette manière, le bruit s'apaise, les haines se refroidissent, et mon frère, après quelques jours, peut être réintégré dans son grade resté vacant.

Le tuteur, depuis une minute, s'était abîmé dans une profonde méditation : la veuve s'en aperçut, et répéta la fin de sa phrase.

— Je dis que si tout cela réussit, mon frère peut être réintégré dans son emploi resté vacant. Qu'en pensez-vous ?

— C'est cela, fit le baron arraché de sa rêverie ; c'est cela !

Mais à la manière dont il le prononçait, cet assentiment avait plutôt l'air de répondre à ce qu'il venait de penser qu'à ce qu'il venait d'entendre. Le baron se ravisa bien vite.

— C'est parfaitement clair, dit-il ; rien de plus plausible : M. le maréchal de Duras est si

obligeant! Je l'ai beaucoup connu autrefois.
Allez, votre frère sera réintégré; j'en mettrais
la main au feu. Croyez, madame, que je le
souhaite de tout mon cœur.

— Ah! merci, monsieur le baron, votre foi
raffermit la mienne; vous réchauffez ma confiance. Ainsi, vous daignerez conter tout cela
à M. Philippe... À propos, ajouta la veuve, en
s'approchant du baron avec une exquise mi-
nauderie, à propos, puisque vous savez tout,
inutile d'user de finesse avec vous : ne per-
mettrez-vous pas à votre neveu de m'écrire
directement?

— Comment donc! sans nul doute; est-ce
que cela se demande? répondit le tuteur, dont
l'œil rayonnait d'une joie satanique.

—C'est que, poursuivit la comtesse d'un ton
calin, quand nous avions la présomption de
mettre votre vigilance en défaut, mon concierge allait tendre son chapeau sur les bords

de l'Eure pour recevoir quelques billets de contrebande : le voyez-vous d'ici ce brave Laverdure ? Si bien que l'autre jour un imbécile qui passait par là prit mon concierge pour un mendiant.

— Ah ! ah ! quelque malotru, quelque idiot sans doute, ajoua le baron avec un faux enjouement.

— Faut-il qu'il y ait des gens ineptes ! insista la comtesse, sans se douter qu'elle frappait sur une enclouure.

—J'avoue qu'il est impossible d'être plus stupide, appuya le baron réduit à se *trop déguiser*.

Laverdure parut sur le seuil : il venait chercher une lettre.

— C'est inutile, lui dit la veuve, je n'écris pas.

Laverdure s'approcha de La Briffe qui tournait sa figure d'un autre côté.

—Ah ! monsieur le baron, s'écria-t-il d'un ton suppliant, je suis bien coupable : je vous ai reconnu enfin ; mais je ne vous connaissais pas alors..... sans cela..... J'en suis bien fâché croyez-le.

—C'est bien, c'est bien, se hâta d'interrompre le baron.

— Non, monsieur, c'est très mal, et je ne me pardonnerai jamais.

— Mais, qu'est-ce donc? demanda la veuve.

— Rien, madame, une misère, répondit le baron faisant signe à Laverdure de se taire.

Mais le rustre n'en tint aucun compte.

— Non, monsieur le baron dit-il ; je veux avouer ma faute. Figurez-vous, madame la comtesse, que parce que monsieur, de l'autre côté de l'eau, m'avait pris pour un mendiant...

—Eh? quoi, c'était vous, monsieur, demanda la comtesse confuse de son franc-parler de tout à l'heure.

—Oui, madame, c'était monsieur le baron, répondit Laverdure et j'ai eu l'audace...

— Je ne vous interroge pas, laissez-nous ! dit la veuve au malencontreux domestique.

Laverdure sortit.

—Monsieur le baron, poursuivit-elle, m'excuserez-vous ?... Si vous n'étiez pas un homme d'esprit, comme vous m'en voudriez!...

— Allons donc, fit le baron affectant une gaîté de surface : y pensez-vous? mais c'est fort drôle. J'en ri...i...i...is comme un fou!

La comtesse prit au mot le tuteur, et, le croyant homme de bonne composition, elle qui avait commencé par se pincer les lèvres, se mit à rire de bon cœur. Mais La Briffe finit par où la comtesse avait commencé; son rire factice s'éteignit bientôt malgré ses efforts et devint une assez laide grimace. Il lui tardait de s'en aller, et comme cela dépendait de lui, il prit son chapeau et salua la dame.

— Monsieur le baron, lui dit celle-ci, vous
aurez à vous reprocher ma gaîté, vous m'avez
fait trahir l'affliction que je dois à mon frère...
Ne dites pas à votre neveu que j'ai ri ; il croirait que je manque de cœur.

— C'est bien, madame, répliqua La Briffe,
qui se dépêchait de sortir.

— Et sitôt que l'affaire du chevalier aura
reçu une solution, n'oubliez pas, monsieur le
baron que j'attends votre visite.

— Soyez tranquille, madame la comtesse;
nous renouerons cet entretien : alors vous
m'écouterez...

— Oh ! de toutes mes oreilles. Adieu !

Quand le baron de La Briffe passa devant le
petit pavillon qui servait de loge au concierge,
Laverdure se mit à ses trousses.

— Monsieur le baron, lui disait-il d'un air
piteux, vous avez été trop généreux envers
moi... Je suis un grand coupable de vous avoir

renvoyé ce maudit écu : mais, puisque vous êtes si bon, achevez votre ouvrage : que j'entende mon pardon sortir de votre bouche, et je dormirai tranquille : dites-moi que vous me pardonnez !

Laverdure suivait le baron en répétant ce même refrain : dites-moi que vous me pardonnez !

Le baron, absorbé dans son dépit, allait toujours la tête basse, sans remarquer le valet, ni entendre son bourdonnement plaintif. A la fin, il ralentit sa marche. Laverdure saisit le moment propice et répéta son éternel : Dites que vous me pardonnez !

— Va-t-en à tous les diables ! s'écria le baron en se retournant vers le concierge comme pour le dévorer.

Laverdure fit un saut en arrière, et, tout étourdi, sans plus trouver ni un mot, ni un

geste, il regarda d'un air hébété le baron, qui
s'éloignait au trot de son cheval.

La Briffe se fut bientôt consolé du léger
échec subi par son amour-propre; il finit
même par en être content : cela voudrait-il
dire qu'il avait sa revanche toute prête? Quoi
qu'il en soit, le baron se frotta les mains d'un
air gaillard : « C'est un coup hardi, disait-il,
se parlant à lui-même; mais bah! ai-je un
autre moyen? Non; eh bien! morbleu, frap-
pons ferme, juste et promptement! »

C'est dans de telles dispositions d'esprit que
le baron arriva à Mevoisins.

Au débotté, notre coquin d'oncle entra dans
l'appartement de son neveu, et là, prenant un
visage riant et d'un ton enjoué.

— Ah! ah! monsieur mon neveu, on sait de
vos nouvelles

— Quelles nouvelles, mon oncle? demanda

Philippe qui, voulant jouer la surprise, ne laissa percer que la crainte.

— Fais donc le discret, je te conseille ; c'est trop tard, mon mignon ; tiens, tu rougis !

— Moi ! je rougis ? ah ! par exemple ! et Philippe sentait sa figure en feu démentir ses paroles : vous savez d'ailleurs que je rougis très facilement, et puis, qu'est-ce que cela prouve ?

— Cela prouverait tout, si j'avais besoin de preuves ; mais nous avons des faits.

— Des faits !

— Irréfragables. Allons, ne fais pas l'ignorant, vois-tu, je suis un vieux routier moi ; tu as voulu jouer au plus fin, et je n'ai pas perdu la partie : tu as eu tort de me donner la peine de deviner. Pourquoi ne pas te confier à moi et me dire carrément : Mon oncle, je suis amoureux.

Le jeune homme fut interdit par cette révélation.

— Eh quoi! mon oncle, vous sauriez?...

— Est-ce qu'on peut me cacher quelque chose? Je sais tout.

— Vous connaîtriez la personne?

— Ah! ah! la personne, j'aime beaucoup cela, reprit l'oncle en riant; la personne, oui, oui, je la connais la personne, parbleu; je sors de chez elle. Et la personne est charmante, je m'y connais et je te félicite bien sincèrement.

Philippe n'en croyait pas ses oreilles : il était incapable de s'orienter au milieu de cette raillerie; c'était un aveugle dépaysé.

— Mais, mon oncle, dit-il, vous prenez cela sur un ton?

— Parce que je ris? Ne veux-tu pas que je pleure sur l'air de Rameau : *Profonds abîmes du Ténare?* Exiges-tu que je chante comme une lamentation de Jomelli : *Mon cher neveu, madame la comtesse!...*

— Comment, interrompit le jeune homme,

c'était de madame la comtesse de Vertamy que vous me parliez?

L'oncle pâlit d'effroi.

— Est-ce que tu en aurais encore une autre? s'écria-t-il.

— Non, mon oncle; mais elle, vous l'avez donc vue? Elle vous a parlé?

— Très bien; elle me plaît beaucoup.

— Quel bonheur! moi qui n'osais pas... qui tremblais... N'est-ce pas, mon oncle, qu'elle est belle? Et que vous a-t-elle dit?

— Beaucoup de choses.

— N'est-ce pas qu'elle m'aime?

— Oui, oui, assez; mais elle te trouve trop jeune.

— Trop jeune? Elle ne m'en a jamais fait le reproche.

— Pour elle, ça lui serait bien égal, mais pour le monde. Elle me l'a donné à entendre.

Encore si tu avais quelque emploi, une position, ça vieillit.

— Oh! c'est vrai, je ne suis rien : est-ce ma
faute à moi, la charge de mon père a été sup-
primée... Donc, si j'avais une position?...

— On verrait alors; il y aurait moins de
disproportion, et peut-être...

— Oh! j'en conviens, je ne suis pas digne
d'elle : une position; mais je n'en ai pas, je n'y
ai jamais songé.

— Eh! si quelqu'un y avait songé pour toi?

— Quelqu'un?... pour moi?... Oh! c'est
incroyable, mon oncle; qui donc aurait pu
s'occuper?...

— Tu le demandes, Philippe? dit l'oncle d'un
accent attendri.

— Non, je ne le demande plus; c'est vous...
vous qui me comblez de bontés, que j'ai mé-
connu. Pardonnez-moi! je suis un grand scélérat, et je ne mérite pas...

Le pupille s'était précipité dans les bras du tuteur.

— Allons! est-ce que je vais pleurer maintenant, fit le baron en essuyant une larme intentionnelle.

— Vous êtes le meilleur des oncles; je ne suis pas digne de dénouer les boucles de vos souliers : quoi! vraiment vous m'auriez trouvé ploi?

— Très brillant, mon ami; une bonne aubaine, un coup du ciel! Un emploi dans l'épée. Dis-moi, que penses-tu du grade d'exempt dans les gardes-du-corps?

— Exempt!... mon oncle, je vous en supplie, ne vous moquez pas de moi : restez sublime : dites que vous m'avez trouvé...

— Un emploi d'exempt dans les gardes-du-corps...

— Mais ce serait trop beau, et je ne pourrais jamais le remplir...

— Bah! on te dressera : le maréchal de Duras sera ton capitaine ; il est mon ami ; il a été
le camarade de ton père.

— C'est donc sérieusement que vous parlez?
demanda Philippe ébahi.

— Très sérieusement.

— Serait-il possible! Dites-moi que je ne
rêve point, que je ne suis pas fou. A propos,
en avez-vous instruit la comtesse ?

— Non ; je ne savais pas si tu accepterais.
Et d'ailleurs je voulais te laisser l'honneur de
a surprise.

— Admirable!... c'est trop fort, mon oncle...
J'étais un ingrat, vous me faites un monstre...
Moi qui osais vous accuser !.. Moi qui vous ai
calomnié... Oh! je cours me jeter aux genoux
de la comtesse, lui raconter vos bontés infi-
nies.

—Non pas, non pas, mon neveu; il n'y a
pas une minute à perdre. Tu comprends, une

occasion si rare, il faut la saisir, prendre la
balle au bond : tu écriras à la comtesse; si tu
veux, je lui rendrai ta lettre.

— Est-ce que je pars aujourd'hui?

— Aujourd'hui, sur le champ, tu vas à Paris,
où je viendrai te rejoindre : Guerlus t'accom-
pagnera.

— Vraiment! tout de suite! Ah! quel bonheur! Ma tête éclate, mes oreilles bourdon-
nent, mes jambes m'emportent. Tenez, voilà
que je saute, malgré moi.

En effet, Philippe se mit à danser autour
de la chambre.

En ce moment entra Guerlus attiré par le
bruit. Philippe se saisit de Guerlus, l'entraîne
dans son tourbillon et le fait valser avec lui.
Le pauvre vieillard, éperdu, son chapeau à
terre, sa perruque de travers, s'écriait : « O
ciel! moi qui n'ai dansé de ma vie... dire qu'à
mon âge!... » Mais Philippe l'emportait tou-

jours, criant de son côté : « Mon maître, j'ai un emploi, j'ai une épée, pour vous défendre, dom Guerlus... Nous allons à Paris ! »

— A Paris ! répéta Guerlus s'échappant des bras de son valseur : vous êtes fou, Philippe : la tête me tourne, où suis-je ? je vais tomber !

— En même temps, le précepteur étourdi s'accrochait aux rideaux d'une fenêtre :

— Eh ! que faites-vous là tout ébahi, mon maître, poursuivit Philippe hors de lui, vous ne voulez pas le croire ; eh ! ni moi non plus je ne le croyais pas ; c'est pourtant vrai, mon maître, nous allons à Paris sur le champ. Vous venez avec moi, et quand j'aurai ma position je pourrai me marier !

— Vous marier ! s'écria Guerlus comme frappé de la foudre. Eh ! avec qui, malheureux ?

— Avec une comtesse, mon ami.

— Pauvre insensé ! fit Guerlus en levant les mains au ciel. En même temps il examinait le baron pour lire sur sa figure le mot de cette énigme.

Pour toute réponse, le baron recommença ses grimaces de l'avant-veille au souper.

— C'est un langage auquel je ne suis pas fait, pensa Guerlus. Je prendrai des leçons de l'abbé de l'Epée, à moins que mon professeur de syriaque... puisque nous allons à Paris... mais ça n'a pas le sens commun. Puis, il ajouta tout haut : Est-ce vrai, monsieur le baron?...

— Ah! oui, mon oncle, s'écria Philippe, dites-le-lui vous-même à cet incrédule!

La Briffe fit un signe de tête, confirmant sans parler le dire de son neveu. Le précepteur ne se contenta pas de cette muette adhésion.

— Quoi! monsieur le baron, demanda-t-il, est-ce bien vrai que nous partons, et que...

— Eh! oui, combien de fois faut-il vous le dire? interrompit l'oncle de mauvaise humeur.

— Mais alors, monsieur le baron, comment
se fait-il?...

— Silence! et disposez-vous au départ; je
vais écrire vos instructions.

Sur quoi l'oncle tourna les talons, et le précepteur resta là planté, penaud et confondu :
sur le seuil, le baron se retourna, et voyant
le philosophe à la même place :

— Mais, allez donc! Guerlus, lui dit-il;
allez donc! cela presse.

— Nature humaine, pensa Guerlus, le divin
Platon a bien raison de dire que rien n'est plus
variable que l'homme, et que les dieux l'ont
créé pour leur servir de jouet.

Cela réfléchi, le philosophe se décida à mar-
cher, ouvrant les bras et courbant la tête par
un même geste, qu'on pouvait interpréter
par : J'obéis, mais je ne comprends pas!

Philippe jouissait de l'étonnement de son

précepteur ; il le poursuivit de son regard nar-
quois jusqu'à la porte.

— Et moi, dit enfin le jeune homme, pendant qu'on prépare le départ, je vais écrire à
Lysimène.

Le jeune présomptueux ! déjà mentalement
il appelait la comtesse par son petit nom.
Aussitôt, il s'assit à son bureau et s'escrima
après une lettre très longue et très tendre,
que nous allons transcrire ici... Ma foi ! non,
puisque cette lettre doit être interceptée ; car
si le neveu propose, c'est l'oncle qui dispose.
Or, cette lettre, destinée à ne pas exister pour
la comtesse de Vertamy, pourquoi existerait-
elle pour le lecteur ?

VII

L'Hôtel de la Tranquillité.

Dom Guerlus et Philippe de Lanta arrivè-
rent dans la journée du lendemain à Paris. Le
philosophe alla s'établir avec son élève à
l'hôtel de la Tranquillité, rue des Filles-Saint-
Thomas : ce nom pacifique agréa au précepteur, qui, certes, soupirait après la chose dont
l'hôtel portait le nom : Guerlus avait été suf-
fisamment ballotté par tous les événemens de
ces derniers jours ; et ces alternatives ne semblaient pas être encore à leur terme. Il se
trouvait empêché dans les fils d'une intrigue
qu'il ne pouvait pas démêler et qu'il n'osait
pas briser : il était acteur sans connaître la

signification de son rôle, sans même savoir
où tendait la pièce. Cela ôtait à Guerlus toute
confiance en ses propres actions ; il eût voulu
nouer lâchement les choses dans la prévision
qu'il faudrait les dénouer aussitôt après. A ses
yeux, le revirement du baron avait été **trop**
complet et trop prompt pour être aussi réel
qu'apparent ; mais Philippe, sans aucune ar-
rière-pensée, se lançait à cœur joie dans sa
nouvelle fortune : tout lui souriait ; son bonheur était assuré, son avenir certain : il parlait
de Lysimène avec un enthousiasme, avec un
feu auquel Guerlus était réfractaire.

— O mon maître, disait-il, vous restez froid
parce que vous ne l'avez pas vue, sans cela...
Au fait, elle a bien tourné la tête à mon oncle.

— Il le faut bien, répliquait Guerlus, qui
donnait à ces mots un sens que Philippe ne
pouvait pas saisir.

— Je voudrais vous y voir, tout philosophe

que vous êtes, vous tomberiez à ses pieds,
vous oublieriez Pythagore !

— Jamais ! jamais, jeune homme ! objecta
Guerlus avec solennité.

— Est-ce que vous pouvez en répondre?
Si vous connaissiez l'ascendant de sa beauté :
moi qui vous parle !...

— Vous, c'est bien différent, reprit le précepteur ; j'excuse une faiblesse de votre âge ;
vous croyez être heureux.

— Et je le suis, mon maître, je suis heureux d'accomplir les volontés de la comtesse :
rien ne me déplairait à faire de ce qu'il lui
plairait de me commander. Tenez, je m'éloigne
d'elle, mais c'est pour m'en rapprocher comme
vous me le disiez un jour, mon maître ; pour
voir plus tôt le soleil qui se lève, il faut lui
tourner le dos et regarder à l'occident.

Le philosophe, en dépit de ces incitations
et de ces flatteries, conservait son attitude

morose; mais Philippe, emporté par sa joie,
ne s'en préoccupait guère; va-t-on s'inquiéter
dans les enivremens d'une fête, si quelques
lampions ne brûlent pas?

Nos deux voyageurs ne furent pas plus tôt
installés à l'hôtel de la Tranquillité, que Guerlus, fidèle aux instructions écrites qu'il tenait
du baron de La Briffe, sortit pour aller chez
M. le maréchal duc de Duras, capitaine des
gardes; il avait ordre de se présenter seul d'a-
bord, avec une lettre, et de préparer ainsi les
voies au futur exempt.

Philippe supporta très volontiers l'absence
de son précepteur; quand on aime, on n'est
jamais seul : la solitude, alors, n'est-ce pas le
plus agréable tête à tête?

A la nuit, le philosophe rentra; il était
harassé, crotté, mécontent; on avait parfaitement bien reçu son nom, sa lettre, mais on
n'avait pas consenti à le recevoir lui-même :

encore ne lui avait-on signifié ce refus qu'a-
près lui avoir laissé faire le pied de grue durant trois heures : son admission était renu-
voyée au lendemain matin.

— Tant pis ! dit Philippe, voilà un jour de
perdu.

Le philosophe haussa les épaules, et, prenant le sourire d'un homme supérieur :

— Est-ce que le sage perd jamais quelque
chose ? répondit-il. : le philosophe tire profit
du malheur comme le médecin qui compose
des remèdes avec du poison et guérit avec ce
qui tue. Cette journée perdue, je l'ai gagnée,
Philippe, je l'ai gagnée pour vous. Dites-moi,
connaissez-vous les obligations et les préro-
gatives de votre grade ?

— Pas le moins du monde ; mais j'espère
qu'on m'en instruira, reprit Philippe.

— Du tout, mon enfant. Ah ! bien oui, vous
instruire ! Des compétiteurs, des envieux, des

jaloux. Tout au contraire ; ils seraient ravis de vous voir accumuler gaucheries sur sottises.

— Oh! mon Dieu! et pourquoi donc cela?

— Nature humaine! mon enfant! nature humaine!

— En ce cas, je suis donc perdu; mais à qui m'adresserai-je?

— A moi, Philippe ; est-ce que je ne suis pas là?

— Comment! vous sauriez?...

— D'aujourd'hui seulement : je me suis mis à l'école pour vous ; j'ai pris des notes, et je puis vous enseigner de point en point...

— Si nous allions au lit, mon maître, interrompit le jeune homme dans la crainte que la leçon fût trop longue : je suis si fatigué, et vous m'expliquerez tout aussi bien...

— Certainement, vous avez raison; mais je n'y aurais jamais pensé.

Alors le précepteur tira sur lui les rideaux

de son lit, s'en fit un paravent et se déshabilla
pendant que Philippe en faisait autant de son
côté.

— Quand vous voudrez, mon maître ; je
vous écoute.

— Bien, mon ami, répondit Guerlus qui
ôtait sa perruque. Vous allez voir combien le
hasard vous protége. J'étais à attendre dans
une salle des Tuileries, lorsqu'il vint à passer
dans la cour un homme que je crois reconnaître pour un nommé Sabinet, à qui j'avais
montré les belles-lettres pendant qu'il était un
des douze *galopins* du grand commun. Malgré
les huissiers, je sors de la salle, je cours à
mon homme ; je ne m'étais pas trompé. M. Sabinet me prend la main et m'apprend qu'il est
monté en grade : je le voyais bien d'ailleurs ;
au lieu du couteau de cuisine, il avait l'épée au
côté. Voici son histoire : de *galopin*, il fut fait
potager; de *potager*, *verdurier*; de *verdurier*,

délivreur de glace; puis *garde-vaisselle,* et enfin officier de fourrière qu'il est. La belle charge, ma foi! C'est l'officier de fourrière qui allume le feu de la chambre du roi : il a le droit de rester au petit coucher, de mettre le dauphin à table, de faire chauffer et verser l'eau chaude quand le roi est au bain, et de tenir la pelle rougie s'il faut y jeter des parfums, faire exhaler ou brûler quelques senteurs. Enfin, dans les voyages, c'est encore l'officier de fourrière qui fait la seconde trousse du lit, c'est-à-dire qu'il plie le second et le troisième matelas du lit du roi après que les valets de chambre ont plié le premier et les draps. Je me suis fait expliquer tout ça.

— Très bien, mon maître, dit Philippe en se glissant au lit : mais tout ceci ne concerne pas le grade d'exempt *aux* gardes.

— Exempt *aux* gardes! se récria le précepteur du fond de son lit. D'abord, je dois vous

prévenir qu'il faut dire exempt *des* gardes;
cela s'entend des gardes du corps : *aux* gardes,
s'applique aux gardes françaises, ce qui est
bien différent.

— Cela suffit; je m'en souviendrai, cria le
disciple déjà couché.

— M. Sabinet, poursuivit Guerlus, me demanda ce que je : faisais là je ne lui eus pas
plus tôt exposé votre position et la mienne
qu'incontinent il se récria sur ce que vous
ignoriez quantité de choses indispensables de
votre emploi. Je le priai de me mettre au courant : je pris quelques notes que je vais vous
transmettre. M'écoutez-vous, Philippe?

— Parfaitement, mon maître. Voyons, s'il
vous plaît, ces notes :

— Attendez que je rapproche ma chandelle... Là : « Il y a quarante-huit exempts
des gardes du corps, douze par compagnie,
autant que de brigadiers. Quatre exempts de

service ont leur bouche-à-cour à l'ancienne
table du grand-maître ou à celle des maîtres
d'hôtel. Il y a encore bouche-à-cour au ser-
deau du roi pour un autre exempt, sans comp-
ter que celui qui va relever le guet a une
demi-pistole pour sa dépense de bouche. A la
différence des brigadiers qui ont une pertui-
sane, les exempts de service portent tous le
bâton dans la maison du roi, et accompagnent
Sa Majesté tout le jour à pied ou à cheval. »
Vous entendez bien?

— A merveille. Et où se placent les gardes
à la suite du roi?

— Voici : Quand le roi sort du Louvre, en
carrosse à deux chevaux avec ses officiers,
les gardes du corps marchent derrière et aux
deux côtés du carrosse depuis l'ouverture de
la portière. S'ils vont à pied, les deux plus
rapprochés tiennent les boutons de derrière
de la portière, et deux valets de pied tiennent

les deux boutons de devant; mais ce n'est
pas là le plus difficile. C'est encore un exempt
qui, tous les soirs, quand sonnent six heures,
conduit à la porte la compagnie qui y doit être
de garde avec le tiers de la compagnie écos-
saise : alors tous les autres gardes sortent,
soit les gardes de la porte ou ceux de la pré-
vôté de l'hôtel. Après que le roi est couché,
ce même exempt ordonne à un brigadier de
prendre une torche et d'accompagner un aide-
major qui va faire la visite dans tout le palais :
la visite faite, un garde écossais ferme les
portes, en retire les clés, qu'il porte sous le
chevet du capitaine des gardes... Philippe, vous
ne m'écoutez pas !...

— Pardon, monsieur... je vais, si vous voulez, répéter vos derniers mots : l'Écossais porte
les clés sous le chevet du capitaine des gardes.

— C'est cela. Je vois que vous m'avez entendu. Autre chose : un exempt accompagne

le capitaine des gardes qui se rend à minuit à la principale porte du Louvre ; là, un garde de la Manche reçoit les clés des mains d'un garde écossais : alors on appelle le guet, et ce garde de la Manche ferme les portes et répond en écossais, quand il est appelé par le clerc du guet, *Hhay hhamier*, qui signifie : *me voilà !* En même temps, il donne les clés au capitaine qui les emporte et les garde aussi sous son chevet, jusqu'au lendemain six heures du matin qu'un brigadier écossais va les reprendre. Philippe, cette fois, je vous entends dormir.

— Hein ? hein ? répondit le jeune homme assoupi ; je vous écoute, vous parliez allemand, vous venez de dire *aï meinher*.

— Vous voyez bien, Philippe, que vous n'y êtes plus. Si vous voulez que je me tire les yeux et que je m'égosille en pure perte, vous n'avez qu'à continuer.

— Oh! pardon, mon maître, répondit Philippe en se soulevant : Tenez! me voilà réveillé! je vous écoute.

— A la bonne heure. Je poursuis : Si la nuit, les portes étant fermées, il arrivait un courrier extraordinaire ou autre personnage qui eût besoin de parler au roi, voici la marche à suivre : le garde qui est en sentinelle prévient l'exempt qui avertit le capitaine; alors le brigadier, portant la torche en main, le capitaine et l'exempt, ayant chacun devant soi un flambeau que la fruiterie leur doit fournir tous les jours, montent à la chambre où le capitaine, ayant fait avertir le premier gentilhomme de la chambre, lui demande si le courrier peut être reçu à une pareille heure. Philippe! oh! pour le coup, je vous entends ronfler!... Philippe!

Pas de réponse. — Au fait, pensa Guerlus, il tombe de sommeil comme moi. Demain, à

mon retour de chez le maréchal, je reprendrai
ma leçon.

Là dessus, le philosophe posa son papier,
éteignit la chandelle, se tourna sur le côté, et
dormit avec le même succès que son jeune
compagnon.

Le lendemain, ce fut Guerlus qui se réveilla le premier : il était grand jour, Philippe
dormait encore, et de si bonne sorte, que le
philosophe respecta ce sommeil. Guerlus s'ha-
billa donc avec autant de légèreté qu'il put,
après quoi il se dirigea sur la pointe des pieds
vers le lit de Philippe, souhaita mentalement
le bonjour à son élève, et gagna la porte, qu'il
referma sans faire le moindre bruit.

Une heure plus tard, Philippe se réveille à
son tour et se lève : à peine avait-il fini de
s'habiller, qu'il entend gratter à sa porte. Sur
l'invitation qu'il formule à haute voix, un
homme entre,

C'était un officier des gardes. Noblesse dans
le maintien, belle taille, une figure mâle, et
qui eût été avenante sans des moustaches touf-
fues, qui donnaient de la dureté à la bouche,
et sans la trace d'une cicatrice qui partageait
le front entre les deux sourcils : c'était là une
de ces *blessures de goût* que recherchaient tant
les militaires de cette époque ; ils voulaient
bien que leur bravoure se lût sur leur visage ;
mais à la condition de ne pas le défigurer :
sinon, non. Ils eussent déploré d'avoir pour
ennemi un chef comme César, qui cria à ses
soldats à la bataille de Pharsale : *Frappez au
visage !* Mais celui du survenant avait été juste
assez maltraité pour se trouver bien traité.

— Monsieur Philippe de Lanta ? demanda le
militaire.

— C'est moi-même, répondit Philippe en se
levant de sa chaise.

Le nouveau venu le considéra un instant

avec un air de surprise où se démêlait cette pensée : Je ne vous croyais pas si jeune !...

— Ah ! vous êtes monsieur Philippe de Lanta, reprit l'officier : moi, je suis le chevalier de Saint-Alyre !

— Votre nom, monsieur, ne me dit pas ce qui me vaut l'honneur de votre visite ?

— Cela m'étonne, fit le chevalier ; j'espère alors que mon grade vous le dira : j'étais exempt dans la sixième brigade des gardes, compagnie de Duras.

— Très bien, répartit Philippe, je suis au fait : c'est vous que je dois remplacer.

— Vous y êtes donc bien déterminé ? demanda le chevalier.

— Tout à fait, monsieur ; c'est pour moi la question de tout mon avenir.

— Vous tenez beaucoup à cette charge ?

— Plus qu'à ma vie. Pas pour moi, certainement non, mais pour une femme que j'aime,

et qui met notre union à ce prix : vous comprenez, alors...

— Je comprends, répartit Saint-Alyre, qu'il
serait inutile de vous dissuader de vos projets.

— Oh! pour cela oui, monsieur, je suis très
résolu.

— Je le vois, répondit l'officier. Maintenant,
monsieur, vous savez qui je suis?

— Parfaitement, parfaitement! Comment
donc! vous êtes le chevalier de Saint-Alyre...
Je vais occuper votre charge... Désolé de votre
révocation ; mais si j'en profite, c'est sans l'a-
voir causée... Je préférerais que cette disgrâce
fût tombée sur un autre, car vous me paraissez
un loyal officier... Enchanté, monsieur, d'a-
voir fait votre connaissance.

— J'espère qu'elle ne s'en tiendra pas là,
fit le chevalier avec une imperceptible pointe
d'ironie. Qu'en pensez-vous, monsieur?

— C'est comme il vous conviendra, monsieur, répondit Philippe sans voir encore où tendait ce discours.

Le chevalier continua sur le même ton :

— Pour commencer, monsieur, je viens vous offrir une partie...

— De plaisir? demanda Philippe.

— C'est selon les goûts; je connais des gens que ça amuse. Acceptez-vous, monsieur?

— Volontiers, riposta Philippe qui, ne sachant pas trop la nature de son adhésion, était pourtant disposé à la soutenir quelle qu'elle fût.

— Ce sera, s'il vous plaît, une partie carrée, ajouta Saint-Alyre, j'aurai un ami avec moi.

— Un ami, répéta Philippe qui comprit alors seulement l'intention positive du visiteur : cela me gêne un peu qu'il faille un ami; car, arrivé d'hier, et vous, étant la première personne que j'aie vue, je n'ai pas eu le temps de m'en faire un.

— Qu'à cela ne tienne, reprit le chevalier.
Le premier venu peut être bon à vous rendre
le même office.

— C'est juste, répondit Philippe sans baisser
la voix ; je pense qu'en de telles conjonctures
le meilleur ami, c'est son épée.

— Bien dit, monsieur ; c'est donc l'épée que
vous choisissez. Nous nous en servirons, et
même on se passerait de tout le reste, n'était
l'usage et cette maudite connétablie : pour l'é-
viter, nous pourrions nous rendre dans le bois
de Vincennes, près de l'Obélisque.

— Soit, monsieur, à Vincennes ; c'est dit.

— A propos. Votre heure ? Celle qui vous
dérangera le moins : pour moi, ça m'est égal,
et personne mieux que vous qui me remplacez,
ne peut savoir que je suis entièrement libre.

— Choisissez, monsieur, dit Philippe.

— Aujourd'hui, onze heures. Ça vous convient-il ?

— Onze heures, répéta Philippe.

— Très bien. Au revoir, monsieur.

— Au revoir.

Ce que disant, le jeune Lanta accompagna le chevalier jusqu'à la porte.

Le chevalier parti, le ressort de l'amour-propre qui avait soutenu Philippe s'affaissa tout à coup; et il regarda en face sa nouvelle position. Un duel sur les bras ; lui, si novice ; à peine lui donnait-on une arme qu'il fallait s'en servir. Son prédécesseur lui transmettait son épée par la pointe, et Philippe tremblait de réaliser la parole de l'Evangile : celui qui se sert de l'épée périra par l'épée. Le jeune provincial n'en revenait pas de cette manière si galante d'engager une affaire où il allait de la vie : alors lui fut révélé ce mensonge social en vertu duquel :

Et jusqu'à *je vous hais*, tout se dit tendrement !

La perspective d'un duel n'était pas faite

pour égayer Philippe, surtout dans les conditions présentes : le jeune homme ne connaissait personne pour l'assister, et il ne connaissait que trop l'homme qu'il avait pour ennemi ;
un militaire qui manie l'épée tout le jour, et
qui, en se battant, ne fait autre chose que son
métier.

Dans toutes ces considérations il y avait de
quoi effrayer le jeune poursuivant de la comtesse ; mais c'est dans son amour que Philippe
puisa tout le courage dont il avait besoin. Rien
qui donne du cœur comme les femmes qu'on
aime : n'est-ce pas bien juste ? Elles ne font
que nous rendre ce qu'elles nous ont pris.

Philippe se préparait à sortir, d'abord pour
éviter le retour de Guerlus, et en second lieu
pour s'improviser un témoin du premier passant de bonne mine qu'il rencontrerait. Mais,
avant qu'il eût franchi le seuil, un jeune homme
se précipita joyeusement dans sa chambre et

se jeta dans ses bras. Qu'il soit le bien venu!
Ce n'était rien moins qu'un condisciple, un
ami de collége : celui-là même que Philippe
quitta si tristement : en un mot, Eustache
Rozel. Nous n'en avions plus entendu parler,
Philippe depuis cinq ans, et nous depuis quatre
chapitres.

VIII

A coups d'épées, à coups de poings.

Ce nouveau personnage est appelé à jouer un grand rôle dans cette histoire ; si nous touchions deux mots de son invidu ? Eustache Rozel avait vingt-sept ans ; on lui en eût donné cinq ou six de plus, et son plus grand chagrin était de n'en pas paraître quarante ; il avait l'œil vif, les cheveux noirs, la taille haute et la complexion robuste. Il plissait son front, courbait la tête, et remerciait la nature d'avoir légèrement voûté ses épaules. Ses doigts maigres, il prenait plaisir de les allonger autour de la pomme d'ivoire d'une canne sur laquelle il s'appuyait en marchant. Le devant de sa bou-

che était dégarni d'une seule dent, et à voir
combien celles qui restaient étaient saines et
bien plantées, il fallait en conclure, ou que
quelque accident avait produit cette brèche,
ou bien que Rozel s'était fait arracher cette
dent pour son agrément et son utilité.

Ces prétentions à la vieillesse seront expli-
quées d'un seul mot : Rozel était médecin; du
moins il en avait le diplôme et en portait l'habit.

— O mon Dieu! s'écria Philippe en l'em-
brassant; je ne t'aurais pas reconnu. Comme
te voilà vieux !

Rozel était au sixième ciel.

— N'est-ce pas? dit-il. Ah! tant mieux. Tu
me trouves donc bien vieilli?

— Certainement. Est-ce qu'on ne te le dit
pas?

— Quelquefois, mais pas assez.

— Ma foi, insista Philippe, tu parais trente
ans.

Le docteur fit la moue.

— Rien que cela... Tu te moques ; ça vaudrait bien la peine ; passe-moi au moins trente-
cinq ans.

Philippe n'avait pas l'esprit tourné à s'amuser de cette singularité.

— O mon Dieu ! dit-il, en prenant la main
de son condisciple ; quel bonheur ! quelle rencontre ! C'est le ciel qui t'envoie.

— Pas précisément, mon cher, objecta l'autre, mais ton précepteur : c'est celui-là, par
exemple, qui n'a pas changé ; en passant près
du Louvre je l'ai aperçu, et aussitôt j'ai bien
reconnu la même figure que j'avais vue à La
Flèche, quand ton oncle vint t'y chercher. Je
demande de tes nouvelles, j'apprends que tu
es dans cet hôtel, et j'accours ; me voilà !

— Combien je te suis obligé, car tu sauras...

— Est-ce que je ne sais pas tout, interrompit Rozel, qui ignorait cependant ce que Phi-

lippe allait lui dire. J'ai tout appris et je t'en fais mon fraternel compliment : il paraît donc que tes affaires sont des plus florissantes.

— Ah ! oui, je te conseille de m'en féliciter.

— Certainement, parbleu, que je t'en félicite ; voyons, ne vas-tu pas faire le renchéri, peut-être ; exempt dans les gardes-du-corps, à ton âge ; que te faut-il de plus ?

— Ne parlons pas de cela, reprit Philippe, serrant la main de Rozel. Au plus pressé ! Tu arrives bien à propos : il me faut un homme de cœur.

— Un homme de cœur ? répéta Rozel, en se frappant le front et la poitrine. Un homme de cœur ?... Je vais t'en chercher un !

Cela dit, il galope vers la porte. Philippe l'arrête en chemin, et sans pouvoir tenir son sérieux :

— Mais où vas-tu ? lui demanda-t-il.

— Parbleu ! où tu m'envoies, te chercher un homme de cœur.

— Et toi, donc ?

— Moi, je suis médecin.

— Ah ! et cela t'empêche-t-il de m'assister dans un duel ?

— Un duel ! s'écria le docteur ; déjà ? Mais pour être témoin dans un duel, il ne faut pas du cœur, le sang-froid suffit, et j'en ai beaucoup.

— Aussi je te retiens, mon ami.

— Ah ça, demanda Rozel, est-ce pour aujourd'hui !

— Pour aujourd'hui, dans deux heures, au bois de Vincennes, près de l'Obélisque.

— Diable ! et contre qui ?

— Contre l'homme que je remplace : le chevalier de Saint-Alyre.

— Le chevalier de Saint-Alyre, répéta Rozel avec effroi ! c'est fâcheux :

— Pourquoi. Le connaîtrais-tu ?

— De réputation. Elle est fort bonne ; fort mauvaise pour toi : un traîneur de brette, et la plus fine lame des gardes.

— Cela me console, observa Philippe sans se troubler, maintenu qu'il était par le respect humain : cela me console, parce que je ne sais rien du tout, et que cela me laisse une chance.

— Il est bien vrai, ajouta Rozel, qu'avec les gens qui savent beaucoup, il vaut mieux ne rien savoir que savoir un peu : on a pour soi l'irrégulier et l'imprévu ; mais enfin...

— Trêve de tes réflexions ; est-ce que tu voudrais m'épouvanter ?

— Dieu m'en garde !

— Eh bien ! Rozel, parlons d'autre chose. Nous avons deux heures devant nous : une pour aller, une pour chercher un témoin ; or, puisque je t'ai trouvé, cette heure nous ap-

partient. Qu'es-tu devenu, toi ? Je vois que tu
t'es fait médecin.

— Oui, j'ai préféré cette profession à celle
d'avocat, qu'Aristote appelle l'art de mentir.

— Bonne idée ! Rien de plus heureux que
les médecins, ils sont payés de leurs fautes, et
on prend soin de les couvrir de terre pour les
mieux cacher.

— Comme tu y vas ! Je n'ai tué personne.

— Tu n'exerces donc pas encore ?

— C'est vrai ; mais cela n'a pas dépendu de
moi. Figure-toi que toute la journée je bats le
pavé de Sa Majesté : je fais la chasse aux acci-
dens pour réussir à lire un jour dans les papiers publics : « Hier, M. le docteur Rozel a
administré les premiers secours à M. n'importe
qui, blessé n'importe comment ou tombé n'importe d'où. » Mais, bah ! je n'ai pas eu le
bonheur d'être témoin d'un seul malheur. Je
voudrais avoir le mauvais œil. Ah ! bien au

contraire, c'est comme un fait exprès : je n'ai pas encore vu tomber un chien barbet ; les épaules démises, les bras disloqués, ce sont des fictions auxquelles il ne faut pas prétendre. Le médecin, au dire du peuple, ne demande que plaies et bosses ; en fait de plaies, je ne connais que celle de mon cœur, et en fait de bosses, que celles que les dromadaires roulent dans le Jardin du roi : les carrossiers se gâtent ; pas une voiture qui se brise ; encore si elles versaient, mais les cochers conduisent mieux que Phaéton. Ces imbéciles de couvreurs attachent les échafaudages avec une solidité désespérante, jamais un client ne vous tombe des nues ; et tout le monde se porte comme le Pont-Neuf. Ma foi ! plutôt que de rester ainsi les bras croisés, cent fois la tentation m'a pris de me les casser pour avoir quelque chose à faire ; j'attends encore.

— Ce serait là une dure extrémité, remar-

qua Philippe : c'est pourtant effrayant pour toi
de songer que Rome exista huit cents ans sans
médecins.

— C'est à cause de cela, sans doute, que
Dieu, pour la punir, lui envoya les barbares.
Pour moi, mon cher ami, c'est dur à dire et
dur à croire : pas un traître client ! Je m'en donne
beaucoup, tu entends bien ; mais avec toi je ne
vais pas me vanter. Je connais des confrères
qui en ont ; je ne sais, par ma foi, où ils vont
les pêcher, mais ils en ont ; tandis que moi,
pas un ne m'est encore tombé sous la main.

— J'ai bien peur d'être le premier, dit Philippe en riant ; et je ne suis pas très ravi de
t'étrenner.

— Ah ça ! tu vas donc décidément te
battre ?

—Certainement, puisque j'ai été provoqué.

— Ce n'est pas une raison.

— Est-ce que tu ne te battrais pas, toi ?
demanda Philippe.

— Moi, jamais ; j'ai trois ans de salle chez
Donadieu, reprit le docteur, mais en fait de
duel, je prends pour modèle le comte de Cagliostro. Il avait accusé un grand médecin
d'être un charlatan. : le grand médecin ou le
charlatan, comme il te plaira, lui porte un car-
tel. — Votre heure ? — Sur le champ, répond
Cagliostro. — Où. — Ici. — Vos armes ? —
Une pilule que voici. Tenez ! elle est empoisonnée, vous l'avalerez et vous ferez descendre si vous pouvez l'antidote dans votre estomac
irrité. Vous me donnerez une autre pilule de
votre composition, je la prendrai devant vous
et je la combattrai de mon mieux : celui de
nous deux qui en réchappera sera le vainqueur.

— Ah ! ah ! c'est fort original, observa Philippe ; mais comme ni mon adversaire ni moi

ne sommes médecins ; nous nous battons à l'épée.

— Ainsi soit-il ! dit le docteur, mais sais-tu quelque chose en escrime ?

— Je sais à peine tirer le mur.

— Tant pis ! mais voyons, mets-toi là ! je vais te donner une leçon : je n'ai pas de botte secrète à t'enseigner ; mais cela te dégourdira la mai. Le doct eur leva sa canne, Philippe trouva un bâton dans un coin, et les bois se croisèrent.

En même temps, le médecin, prenant la pose et le ton d'un maître en fait d'armes :

—Allons donc !... En garde, là ! vivement !.. parez tierce... c'est mou... Je t'aurais tué dix fois ?

—Tu te serais bien arrêté à la première, répondit Philippe avec sang-froid ; et, continuant son jeu : tiens, je t'allonge une botte par quarte

— Bon! ce coup est mieux, observait le docteur... Ah! soutiens donc, voilà qui se gâte... Dis-moi, n'y aurait-il pas moyen d'accommoder ton affaire?

— Aucun! Et Philippe s'escrimait toujours de son mieux.

— Détestable, mon ami, trop lent... je ne sens pas ton bâton... Ah ça! tu tiens donc beaucoup à ta place?

— Plus qu'à ma vie.

— Je le vois bien... Allons! fends-toi... Mais, que diable! il me semble qu'avec ta fortune tu pourrais bien t'en passer?

— De ma vie?

— Non, de ta place... Regarde cette feinte.

— Certainement, que je pourrais m'en passer : mais il le faut, c'est la volonté d'une femme... Ah! j'espère que le coup a porté!

— Trop tard!... D'une femme dis-tu?...

— Qui m'adore.

— Et qui veut qu'on te tue... Attention là!

— Elle n'en sait rien.

— Elle t'adore, et elle n'en sait rien?

— Eh! non, si je me bats... Mais je te con-
terai tout cela... Pour le moment, partons
vite ; je tremble que Guerlus revienne.

—Tu as raison, d'autant qu'il ne faut pas te
fatiguer... Et puisque tu es irrévocablement
décidé...

— Irrévocablement.

Rozel n'essaya pas de convertir son ami à
une lâcheté . « Du courage, lui dit-il, et songe
qu'un bon témoin vaut une cuirasse! « Gri-
sier, le Donnadieu de notre temps n'avait pas
encore dit : » Ce ne sont pas les épées, ni les
pistolets qui tuent, ce sont les témoins. »

Les deux amis de collége se prirent par le
bras, montèrent ensemble dans le premier
carrosse qu'ils rencontrèrent, et Rozel dit au
cocher :

— Au bois de Vincennes, près de l'Obélisque.

Une heure après, le carrosse s'arrêtait dans
une obscure allée. A quelque distance se
voyait une voiture pareille dont le cocher donnait en fredonnant à manger à ses chevaux.
Les adversaires avaient précédé Philippe et
son témoin ; ces derniers marchèrent droit à
eux et les abordèrent avec courtoisie.

Les témoins se retirèrent quelques pas à
l'écart pour régler les conditions du combat,
et pendant ce temps-là les deux adversaires,
à peu de distance l'un de l'autre, ne savaient
quelle contenance tenir. Chose étrange!
dans la plupart des combats de ce genre, les
deux champions, avant d'en venir aux mains,
se montrent d'une politesse presque obsé-
quieuse : un incident les oblige-t-il à se parler?
c'est avec une déférence qu'on dirait affec-
tueuse. Vous n'obtiendriez pas, pour tout l'or

du Pérou, qu'un mot seulement impoli fût
échangé entre ces deux hommes qui souvent
la veille se sont accablés d'outrages. S'ils se
trouvent dans la même voiture, c'est entre eux
une lutte de civilités pour entrer, s'asseoir,
sortir; et celui-là serait au désespoir qui, par
mégarde, marcherait sur le pied de l'homme
qu'il va tâcher d'égorger. D'ordinaire, les témoins évitent la confrontation des deux adversaires ailleurs que sur le terrain; mais
alors même, si leurs yeux se rencontrent, c'est
beaucoup plutôt la bienveillance que la haine
qu'on y lit. Ce n'est que lorsqu'ils tiennent les
armes que tous les deux face à face ils se trans-
figurent : alors l'œil est armé comme la main :
ne semble-t-il pas qu'il emprunte l'éclat et la
dureté de l'acier ?

Les préliminaires du combat furent bientôt
terminés entre les témoins. Chacun des deux
alla vers son ami, lui remit une épée, et le

conduisit dans un petit sentier voisin, sur un terrain où le pied ne pût glisser. Les deux champions réunis se saluèrent et croisèrent l'épée en présence des témoins, qui se tenaient à côté d'eux.

Pendant ce temps-là, les cochers des deux carrosses s'étaient rapprochés l'un de l'autre. Celui qui avait débridé son cheval parla le premier à son compagnon qui s'avançait, tenant à la main une tranche de pain noir sur lequel était un morceau de fromage.

— Dis donc, hé! camarade, j'ai peur que ton petit ne soit *escofflé*.

— Ça se pourrait bien, reprit l'autre, enfournant une bouchée avec son couteau à manche de buis qui faisait l'office de fourchette: ma foi, qu'ils s'accommodent! ça les regarde!

— C'est pas mal bête de se battre. Qu'en dites-vous, l'ancien?

— Ne m'en parlez pas. Deux chrétiens qui

veulent avoir leur peau, ça n'a pas un brin
de raisonnement.

— Bah!.. après tout, faut faire aller le com-
merce... De bons pour-boire que ça vous
donne.... Mais tiens ! tiens ! ils ont commencé
la danse. *Regarde-voir* mon officier, comme
ça se campe crânement !

Et le cocher qui parlait ainsi imita la pose
de Saint-Alyre.

— Eh! mon petit bourgeois donc ?... Il n'a
pas la glu aux mains ni la crampe aux mol-
lets... Est-il dégourdi, est-il rageur!... Vois
un peu, se trémousse-t-il le petit écureuil !

Ce que disant, le cocher de Philippe contre-
fit les gestes du jeune homme et se trouva
naturellement en face de son camarade.

Ainsi tous les deux prenaient parti pour
leur pratique. C'était des deux côtés des : Allons donc, mon bourgeois ! Courage, mon offi-

cier ! va ! bien ! ferme ! tiens bon !... à toi !...
à moi !...

Après quelques passes de cet innocent pugilat, le cocher de Saint-Alyre haussa les
épaules.

— Va ! dit-il à l'autre. *T'as* beau faire, ton
brimborion de bourgeois ne me pèse pas une
once ; je ne donnerais pas deux liards de sa
vie.

— Oh ! riposta le cocher de Philippe, ton
mange-tout d'officier ne nous fait pas grand
peur !

— Parce que *t'as* l'esprit pointu comme le
dôme des invalides.

Notez que la collision manuelle allait toujours
son train. Le cocher de Philippe, qui venait de
recevoir le dôme des Invalides sur la tête, s'en
formalisa, et reprit assez aigrement.

—Avec ça que *t'es* si malin, toi, pour te gausser des autres... Va ! les plus gros ne sont pas

les plus méchans; et je parie que mon petit
bourgeois...

— Laisse-moi donc tranquille avec ton ro-
quet de bourgeois ; il est cuit avant d'être
embroché.

— C'est ce qu'il faudra voir ! répartit cha-
leureusement le cocher du jeune Lanta.

— C'est tout vu : mon officier a trop de
de poil à la moustache pour se laisser cau-
chemarder par ton blanc-bec !

Celui qui parlait ainsi était un Auvergnat
hérissé de broussailles noires sur les deux
joues, et l'autre avait une figure sans barbe.
Ce dernier vit donc une personnalité dans les
expressions de son camarade, ce qui acheva
de l'exaspérer.

— Bah ! fit-il, que mon petit coupe les
moustaches au grand, et tous deux seront
blanc-becs.

— Couper une moustache! riposta le barbu. Oh! c'est *ben* facile à dire.

— A dire et à faire : faut pas croire parce qu'on est poilu...

— C'est pas toi qui le ferais, toujours! pas vrai?

— Pourquoi non? Moi comme un autre.

— Essaie! et tu verras si je te romprai la gueule.

— Oui, après que je t'aurai démoli le bec.

Ainsi, les deux cochers, qui tout l'heure s'accordaient à dire que c'était une folie de se battre, les voilà entraînés par la contagion de l'exemple.

Leur jeu devient une lutte sérieuse; ils se distribuent des coups de fouet et des coups de poing, moins dangereux toutefois que les coups d'épée qui peuvent se donner quelque peu plus loin.

Dès que les fers se furent touchés, les deux

adversaires s'observèrent quelque temps,
comme pour se reconnaître et se mesurer.
Leurs épées qui, croisant les pointes, formaient
l'angle obtus d'un fronton, restaient immo-
biles : bientôt un froissement inquiet les ai-
guisa l'une contre l'autre ; c'était un avertisse-
ment que l'action allait s'engager.

Avouez que c'est une merveilleuse chose
que l'escrime ! Quand une batterie attaque
une forteresse, il n'est que quelques points,
très restreints, eu égard à la masse, qu'atteint
le canon ; hormis ces points, tout le reste de
la fortification est momentanément inutile ;
ce qui fait que si, au lieu d'une matière brute,
l'homme pouvait employer une matière intel-
ligente, preste comme la pensée, agile comme
l'œil, pressentant le boulet et se jetant à sa
rencontre, il suffirait d'un pan de mur pour
défendre toute une ville. Eh bien ! c'est là-
dessus qu'est fondé tout l'art de l'escrime.

N'est-il pas surprenant que l'homme, d'une simple ligne d'acier, ait pu se faire une cuirasse à couvrir tout son corps ; car ici le mouvement supplée l'étendue ; c'est, pour ainsi parler, une fortification qui voyage, présente partout où le danger veut peindre, gardant toutes les avenues. Maintenant, si l'on réfléchit que ce n'est là que la moitié de l'art de l'escrime, qu'il faut encore que ce qui protége attaque, que la défensive comme l'offensive doivent se rencontrer dans la même main, dans la même lame, alors on reste confondu d'étonnement et d'admiration.

Nous avons laissé nos deux adversaires en présence ; Philippe avança et le chevalier rompit ; l'impétuosité irrégulière du jeune homme le déconcertait, et, en se tenant sur la parade, il étudiait le jeu de son adversaire, pour riposter avec fruit. L'occasion ne tarda pas long-temps à s'offrir : un dégagement

maladroit de Philippe écarta son épée. et le
chevalier lui poussa un coup de flanconade.

L'épée de Saint-Alyre alla frapper le jeune
homme dans la région du cœur. Il se fait chez
celui qui blesse un contre-coup électrique ;
le fer le communique au poignet, et par là il
suit tout le corps, qu'il agite d'un frémissement
singulier. Il est très difficile de juger de la
blessure qu'on a faite ; dans la surexcitation
du combat, il semble qu'au lieu de commander à l'épée, c'est à son entraînement qu'on
obéisse.

Philippe, se sentant piqué, ramena sa lame,
et heurta si fort l'épée du chevalier qu'il la
sortit de la plaie en labourant sa poitrine.

Après cet effort, le jeune homme pâlit,
chancela ; le sang jaillit. Tout à coup le docteur Rozel se jeta sur lui, le prit dans ses
bras, poussant ce cri de désolation : « Plus
d'espoir ! il est mort ! »

Dans ce désarroi, le chevalier et son témoin s'éloignèrent au plus vite : un cocher et quelques paysans étaient accourus, ils aidèrent le médecin éploré à porter Philippe de Lanta dans le carrosse.

— Pauvre garçon! quel dommage! répétait-on de toutes parts, car on pouvait lire son arrêt de mort dans les cris et sur la figure du docteur. Le carrosse partit au pas.

Quelque temps après on vit arriver un vieillard, haletant, essouflé, couvert de poussière.

Le petit rassemblement ne s'était pas encore dissipé. Le vieillard se précipita au milieu de ces hommes d'un air égaré; là, s'adressant au premier venu :

— Où est-il? répondez-moi, ne me cachez rien; qu'est-il devenu? par pitié, dites-le-moi?

— De qui parlez-vous?

— De lui! de mon élève chéri, de Philippe.

Un paysan comprit, et secoua la tête :

— Vous voulez parler d'un jeune homme qui s'est battu contre un officier ?

— Oui, oui, c'est cela, ajouta le vieillard. Serait-il blessé?

— Peut-être mort, dit quelqu'un de la troupe, on vient de l'emporter.

— Mort! cria Guerlus, avec des sanglots. Où est-il? que j'y aille. Non! non! c'est impossible... je veux le voir! il ne sera pas mort our son vieil ami. Je le sauverai... quelque chose me dit que je le sauverai. Où est-il ?

Le pauvre vieillard courait alors comme un insensé; mais bientôt ses jambes fléchirent, ses yeux se voilèrent; il tomba à la renverse, et quelques âmes charitables le déposèrent au pied d'un arbre de la forêt.

IX

Le lendemain de son entrevue avec le baron
de La Briffe, la comtesse de Vertamy avait
quitté son château pour venir à Paris assister
son frère de sa protection, et, faute de mieux,
de sa condoléance. Cette disgrâce fortuite qui
la frappait en la personne d'un frère chéri
avait un moment étouffé sinon la voix, du
moins les intérêts de son amour, et le frère
avait fait tort à l'amant. La veuve donc, ignorant tout ce qui se tramait de l'autre côté de
l'Eure, quitta son château de Fontgiève, mais
avec plus de regret cette fois que les autres. Il
se révéla tout à coup en elle une tendre affec-

tion pour ce manoir; elle en trouvait les sites plus plaisans, les ombrages plus verts, et plus riantes les charmilles : c'est que l'amour avait passé par là, et que l'amour, sans rien changer, met tout en lumière, pareil à ces vernis qui ravivent les vieux tableaux en leur donnant un lustre inattendu de jeunesse et de nouveauté.

La comtesse, la veille de son départ, visita tous les lieux où elle avait vu Philippe, tous ceux par où il avait dû passer. Arrivée près de la rivière, en face de l'endroit où, pour la première fois, elle avait rencontré le jeune homme, son cœur battit violemment et ses yeux s'obscurcirent de douces larmes. Mais, après ce profane pélerinage, elle partit plus courageuse et comme allégée; les souvenirs sont les créanciers du cœur, et, par une certaine probité de sentiment, on est tenu à prendre congé d'eux avant de s'absenter. Il y a des

gens qui ne comprennent pas cela ; mais il y
a des gens aussi que la matière absorbe tellement qu'ils ne font aucun usage de leur âme :
si bien que cette âme semble leur avoir été
donnée comme un grain de sel , à cette seule
fin d'empêcher leur corps de tomber en dis-
solution.

Le lendemain la comtesse était à Paris ,
dans son hôtel de la rue des Tournelles. A
peine avait-elle mis pied à terre, qu'elle écrivit
à son frère pour le prier d'accourir sur-le-
champ.

Le billet par lequel la comtesse instruisait
son frère de son arrivée lui fut, une heure
après, rapporté sans avoir été ouvert, par le
valet du chevalier.

Ce retour, autant que l'air affligé du domestique, inquiétèrent la veuve.

— Qu'y a-t-il ? demanda-t-elle vivement au

valet... L'aurait-on exilé? Oh! ne me trompez pas... Je saurai tout.

— Non, madame la comtesse, répondit le valet; mon maître n'a pas quitté Paris.

— Mais alors que ne vient-il?... Qu'on aille le chercher de suite, je veux le voir!

— Madame la comtesse, si je savais où il est, répartit le domestique; mais monsieur est sorti ce matin, sans me dire...

— C'est égal, interrompit la veuve, vous savez les lieux qu'il fréquente; allez partout et ramenez-le au plus vite!

Le valet allait répliquer; mais tout à coup il suspendit sa réponse comme quelqu'un qui se reprend, et dit:

— J'y vais, madame la comtesse.

L'air de contrainte dont il prononça ces paroles qui n'étaient pas celles de sa première pensée, frappa la veuve, qui, l'arrêtant par le

bras au moment où il allait sortir, interpella
ainsi le valet.

— Restez ici... Vous mentez !...

— Moi! madame la comtesse, fit le domestique interloqué et rougissant.

— Oui, vous mentez! Je le répète, cela se
voit, d'ailleurs... Vous savez où est mon frère;
il court quelque danger peut-être... Dites!
parlez... Parlez donc !

Le domestique se laissa toucher par cette
énergie et dominer par cet ascendant.

— M. le chevalier, dit-il, est sorti ce matin
pour une affaire...

— Quelle affaire? demanda impérieusement
la comtesse.

Le valet hésita et se tut; mais impossible
de reculer : il en avait trop dit pour ne pas
tout dire ; et d'ailleurs la curiosité de la veuve
le harcelait. Alors, du ton d'un homme qui
fait un pénible aveu, le valet répondit :

— Une affaire d'honneur.

— Un duel! s'écria la veuve, prenant sa
tête à deux mains et les coudes appuyés sur
un guéridon. Un duel! je m'en doutais; et
contre qui?

— Je l'ignore, madame.

— Un duel! répéta la comtesse avec effroi;
puis se tournant vers le valet : — Un duel! et
vous ne l'avez pas accompagné?

— Il n'a pas dépendu de moi, madame la
comtesse; monsieur le chevalier me l'a défendu.

— Il fallait désobéir.

— Je n'ai pas osé, madame.

La veuve n'écoutait pas. Eh! que lui faisaient, à elle, les excuses de cet homme?
Est-ce qu'elle pouvait en ce moment être tou-
chée de quelque chose qui fût étranger à son
frère? Elle regarda fixement le domestique.

— Et le chevalier n'est pas encore revenu ? demanda-t-elle.

— Pas encore ! Je l'attends, répondit le valet en baissant la tête.

La comtesse partit d'un impétueux élan.

— Grand Dieu ! un duel ! disait-elle en levant ses beaux yeux au ciel et rejetant ses bras en arrière. Pauvre chevalier !... Il est peut-être blessé... qui sait ? mourant... mort... Et vous, son serviteur, vous restez là sans bouger... vous ne courez pas assister votre maître !...

— Oh ! madame, si je savais où il est, dit le domestique d'une voix pénétrée.

— Où il est ! répéta la comtesse avec dédain ; mais on le cherche, on le devine, on le trouve... Prenez ma voiture, mes chevaux, courez... Où il est !... Vous me faites pitié !... Où il est, dites-vous... Allez, vous le sauriez si vous l'aimiez bien !

Mais le domestique, sans se déconcerter :

— Alors, vous devez le savoir, vous, madame, qui l'aimez tant : dites-le moi, et j'y cours.

Cette apostrophe, partie du cœur, frappa la comtesse ; elle considéra cet homme, et la folie de son raisonnement céda.

— C'est vrai, dit-elle en laissant tomber sa tête sur sa poitrine. Où le trouver? Il vaut encore mieux l'attendre... Le chercher, ce serait peut-être le fuir.

Le valet restait là immobile ; mais, voyant que la comtesse se taisait, il en conclut qu'elle n'avait plus rien à lui dire, et sans attendre ses ordres il les prévint en se retirant.

— Oui, allez, lui dit la veuve, et, dès que vous le verrez, ne le laissez pas entrer chez lui... Qu'il vienne ici sur l'heure... avant tout !

Puis son visage pâlit, et d'une voix tremblante elle ajouta :

— Et s'il ne pouvait pas venir... Oh! mon
Dieu! je frémis d'y songer... Vous viendriez
alors vous-même me chercher; vite! vite! entendez-vous.

Le domestique s'inclina en signe qu'il avait
compris et sortit.

Il faut avoir éprouvé les impatiences d'une
absence cruelle, avoir été ballotté entre ses
illusions et ses abattemens pour comprendre
tout ce que dut souffrir la comtesse. Au plus
léger bruit elle tressaillait, courait à la fenêtre
donnant sur la cour de l'hôtel ; elle était en
proie à d'intolérables angoisses : des rêves affreux l'assiégeaient, d'autant plus effrayans
qu'ils reposaient sur la réalité, et qu'on ne sait
alors où la réalité finit et où l'imagination
commence. Cent fois elle se représenta son frère
qui lui arrivait pâle, défait, l'œil terne, se

traînant avec peine. Tantôt plus malheureuse
encore, elle le voyait porté dans une litière...
inondé de sang... sans force, sans voix, sans
mouvement, près d'expirer enfin... A toute
minute elle envoyait à l'hôtel de son frère
s'informer s'il était arrivé : l'impatience a
besoin d'être alimentée par cette activité sans
profit et sans but; par là elle dévore son ardeur et occupe son désespoir en le trompant.
Par intervalles la comtesse s'asseyait épuisée
et semblait plus calme, plus résolue; mais
bientôt, emportée par une nouvelle secousse,
elle se levait en sursaut, courant, l'air égaré,
dans son salon : rien n'est plus difficile à accorder que la violence de l'âme avec l'immobilité du corps.

Enfin, après deux heures de ces tourmens,
le chevalier parut sur le seuil de l'hôtel. Jeter
un cri, courir sur le perron et embrasser son
frère, ce fut une même chose pour la com-

tesse; et tous deux, étroitement liés par ces embrassemens, entrèrent dans le salon.

C'était de la part de la pauvre sœur des transports de joie, des élans de reconnaissance où se manifestait toute la tendresse de son âme.

— Ah! enfin! vous voilà! s'écriait-elle... Vous n'êtes pas blessé, au moins? Ce que disant, elle touchait le chevalier pour s'en assurer... Puis, un instant après, elle recommençait cet examen, comme si elle eût dû se défier d'une première épreuve.

— Parlez! oh! parlez donc!... Dites-moi que vous n'êtes pas blessé... Rassurez-moi. Voyez!... j'ai peur... Parlez! que j'entende votre voix!

Le chevalier recevait toutes ces caresses sans y répondre avec son effusion habituelle; il restait froid et gardait un morne silence.

Il était évident que quelque sinistre pensée
oppressait son cœur.

La comtesse s'en aperçut, elle le regarda
fixement, et, pour la première fois, remarqua
le désordre de cette figure. De là ses yeux se
portèrent sur l'épée du chevalier, et sans dire
un mot, elle écarta la main de son frère, qu'elle
venait de presser dans les siennes.

Elle mit dans ce geste une rapidité qui tenait de la répulsion : le chevalier la comprit :
mais, au lieu de s'en offenser, son humble attitude témoigna que la sœur avait rencontré
juste, et qu'il ne se sentait pas le droit de
se plaindre de cet accueil.

Il se fit entre les deux un morne silence que
ni le frère ni la sœur n'osaient rompre.

La comtesse était assise dans un fauteuil, et
le chevalier, debout près de la fenêtre, atta-
chait la fixité de son œil sur un vase de la
cour.

— Du sang! toujours du sang! dit enfin la comtesse... Vous voulez que je sois une de vos victimes... Vous battre pour les scrupules d'un faux honneur.

Le chevalier hocha la tête pour protester contre la futilité que sa sœur donnait pour cause à ce combat. La comtesse interpréta ce geste.

— Et qu'importe, répliqua-t-elle, quand bien même le motif eût été plus grave... Faut-il donc toujours recommencer?... N'avez-vous donc pas assez fait vos preuves?...

Le chevalier leva les yeux au ciel avec une expression qui semblait vouloir dire :

— Vous avez raison, ma sœur; mais cette fois, il était impossible d'éviter ce duel.

— Eh! comme le moment est bien choisi! continua la comtesse, vous êtes sous le poids d'une disgrâce; vous avez besoin de la sur-veillance et de la protection de tout le monde,

et vous n'avez pas craint d'irriter l'opinion
publique... Comment oserai-je me présenter,
moi qui venais intercéder pour vous?... Les
gens les mieux disposés me fermeront la bouche avec votre duel; et que leur répondre?...
De quel front oser solliciter votre réintégration?

— Ma réintégration? répéta le chevalier :
c'était le premier mot qui lui échappait; ma
réintégration? n'y comptez pas, ma sœur.

— Hélas! je le vois bien qu'il faut renoncer
à cet espoir, et cela par votre faute, chevalier.

— Par ma faute; non, ma sœur, répondit
Saint-Alyre; car, sans ce duel, ma réintégration eût été plus impossible encore.

La sœur le considérait avec des yeux rem-
plis d'étonnement : le frère soutint ce regard
de façon à prouver à la comtesse que, tout
étrange qu'elle lui parût, c'était la vérité qu'il
venait de dire.

— Voyons, mon frère, pourquoi cela?... Je
ne vous comprends pas... Parlez! expliquez-
vous !

— Non, reprit l'officier avec calme, parce
vous m'excuseriez alors; et qu'en dépit de la
justice de ma cause et de la nécessité de ma
détermination, je me la suis reprochée bien
plus amèrement que vous ne le faites.

— J'ai peut-être tort, interrompit la veuve;
mais je ne sais rien : parlez ! instruisez-
moi!... Si c'est un inévitable malheur, ne
dois-je pas vous plaindre au lieu de vous accuser... Oh ! ne me laissez pas être injuste par
ignorance.

— Injuste? Vous ne l'êtes pas, ma sœur...
Mais, puisque vous l'exigez, je vais tout vous s
dire... Vous savez sur quel espoir était fondé
celui de ma grâce?

— Sans doute, sur la vacance de votre em-

ploi... Est-ce que vos camarades auraient
manqué de parole?

— Plût au ciel! car alors j'aurais eu à mé-
priser un faux frère ou à punir un parjure.

— Mais qui donc, alors? demanda la veuve.

— Un jeune homme que je ne connais pas,
que je n'avais jamais vu; il est allé s'offrir au
capitaine de ma compagnie pour occuper ma
charge : mes camarades sont aussitôt venus
me prévenir du fait, et me prouver que, puisqu'ils étaient assez généreux pour s'abstenir
de me remplacer, eux qui en avaient le droit,
c'était à moi de ne pas laisser occuper mon
grade par un intrus du dehors. Je compris ce
qu'ils me demandaient, et c'était pour moi
une obligation d'honneur d'y déférer.

— J'en conviens, mon frère; mais alors il
fallait aller trouver vous-même ce jeune
homme, lui exposer votre position, et le prier
de se désister de sa demande.

— Hélas! ma sœur, c'est précisément là ce que j'ai fait.

— Eh bien! demanda la comtesse de plus en plus intriguée?

— Eh bien! poursuivit le chevalier, savez-vous ce qu'il m'a répondu? Que, quant à lui, il ferait bon marché de ma charge, et n'insiste-rait pas pour l'obtenir; mais qu'il lui fallait une position à mettre aux pieds d'une femme qu'il adorait.

— Noble jeune homme, réfléchit la veuve intéressée par cette narration.

— Oui, bien noble, confirma le chevalier, et brave; il a fait bonne contenance sur le ter-rain; et pourtant il semblait avoir prévu l'issue du combat, car il s'était fait assister d'un mé-decin en qualité de témoin.

— Un médecin, répéta la veuve avec sur-prise.

— Oui, un médecin qu'on m'a dit se nommer Rozel.

— Rozel! fit la comtesse. Et le nom du jeune homme?

— Attendez que je m'en souvienne... Je l'ai bien su, mais le trouble, le remords : je crois qu'il habitait la province. Tenez! justement du côté de Chartres... D'une bonne maison, d'ailleurs.

La veuve tressaillit.

— Son nom! son nom! Vous ne le savez pas?...

— Peut-être, répondit le chevalier en fouillant une mémoire rebelle... Il est fort jeune... Une figure ouverte.

— Son nom? mon frère, son nom, vous dis-je, insista la veuve.

— Ah! m'y voici. Je le tiens. Philippe de Lanta.

— Philippe de Lanta!

A ce nom, la veuve poussa un cri, porta sa main au cœur, et tomba sur un sofa : comme si tout principe de vie se fût soudainement éteint en elle, sa figure s'était, en un instant, décomposée, et ses lèvres pâles murmurèrent ces paroles que le chevalier entendit à peine :

— Ah ! mon frère, vous m'avez tuée !

Le chevalier, vivement affecté par cette crise que rien n'avait fait prévoir et dont il ignorait la cause, se tenait là muet, terrifié aux genoux de sa sœur.

L'abattement de celle-ci n'allait pas sans des palpitations violentes, et des efforts qu'elle semblait faire pour lutter contre cette défaillance : enfin, elle parvint à se soulever, et sa main se crispa sur le dossier de son siége ; elle fixait ainsi un regard inquisiteur sur le chevalier.

Cette pose avait quelque chose d'effrayant : la pâleur de cette figure dont l'œil seulement

semblait animé, la débilité tremblante de ce
bras sur lequel s'appuyait le corps penché de
la veuve, l'agitation fébrile de ces lèvres blêmes qui se remuaient sans la voix, comme les
feuilles du tremble sans le vent, tout cela était
de nature à impressionner douloureusement le
frère de la comtesse.

— Est-il mort? demanda-t-elle d'une voix
étouffée.

Le chevalier sentit qu'une affirmation de sa
part pouvait entraîner les plus funestes effets:
D'ailleurs, était-il bien pas certain de la mort de
son adversaire?

Sa sœur se tenait toujours debout.

— Non! il n'est que blessé se hâta-t-il de
répondre.

Un éclair de vie traversa le joli visage de
la comtesse ; éclair unique , après lequel elle
retomba anéantie. Pour le coup tout sen-

timent s'était retiré : le mouvement, le pouls, la respiration étaient suspendus.

Le chevalier alarmé courut aux sonnettes, appela les gens de la comtesse, et avec l'aide de ses femmes la déposa sur son lit.

Vainement fit-on respirer des sels à la veuve : la vie ne revenait pas, les dents restaient fermées ; cette sorte de léthargie dura long-temps.

Dès qu'elle ouvrit les yeux, la comtesse aperçut le chevalier, et les détourna aussitôt de lui avec une sorte d'horreur.

Le frère, attentif à tous les mouvemens de sa sœur, s'approcha de son lit et s'enquit doucement de son état.

— Je me sens malade, dit-elle d'une voix faible et sans le regarder.

— Il faudrait aller chercher un médecin, proposa le chevalier.

La veuve, par un clignement d'yeux, exprima que c'était là son désir.

— Très bien, répondit Saint-Alyre, votre
médecin n'est qu'à deux pas d'ici, et pour
l'avoir plus vite je vais courir moi-même le
chercher.

Mais la main de la comtesse fit un signe négatif.

Le chevalier attendit pour comprendre ce
contre-ordre. Après un temps de silence sa
sœur put faire entendre ces paroles :

— Non pas, mon médecin... je n'y ai plus
confiance.

— Alors désignez-en un autre, reprit le chevalier, et, quel qu'il soit, je me charge de
vous l'amener sans retard.

Un second clignement d'yeux fut le remercîment muet que la sœur adressa au frère ;
puis elle reprit d'une voix faible ·

—La baronne de Penaultier et d'autres
amies m'ont vanté un jeune médecin...

La comtesse s'arrêta. Était-ce par fatigue
ou par crainte? Quoi qu'il en soit, le chevalier
continua:

—Nommez ce médecin, ma sœur, et immédiatement...

—On le dit très entendu, et je voudrais...
Nouvelle pause de la comtesse.

—Je vous crois, ma sœur, et je vous l'a-
mène.

—Il s'appelle, je crois, le docteur Rozel,
dit la dame.

Le chevalier demeura interdit.

—Le docteur Rozel, répéta-t-il; ne vous
trompez-vous pas, ma sœur? Rappelez vos
esprits: tout à l'heure, quand je vous en ai
parlé, vous n'avez pas eu l'air de le connaître.

—Ah! fit la malade d'un ton d'ingénue,
vous m'en avez parlé... je ne m'en souviens

pas...; mais, puisque vous m'en avez parlé aussi, il faut alors qu'il soit très connu.

Le chevalier avait mille objections à faire à cette conclusion de la comtesse; mais outre qu'il ne voulait pas contrarier sa sœur dans l'état où il la voyait, le nom de Rozel avait été jeté avec une si parfaite naïveté que Saint-Alyre ne sut qu'imaginer sur cet accident. —Est-ce l'effet d'une bizarre coïncidence? pensa-t-il, ou bien connaîtrait-elle mon adversaire? Sa défaillance quand j'ai prononcé son nom... ce docteur que précisément elle fait appeler... Après tout, que m'importe?

Il regarda la veuve, et l'air de candeur répandu sur cette figure malade dissipa tous les soupçons du chevalier. Il en vint même à conclure ceci :

— Pauvre sœur! mais elle est plus malade que je ne pensais, puisqu'elle perd la mémoire.

Néanmoins, pour être bien certain que la

volonté de sa sœur était arrêtée sur ce point,
l chercha à lui faire répéter le nom du docteur.

— Est-ce bien, ma sœur, le docteur Rozel
que vous demandez ?

— Oui, le docteur Rozel ; c'est bien cela,
je m'en souviens, reprit la comtesse.

— Je vais vous le chercher moi-même.

— Oui, vous m'obligerez ; qu'il vienne au
plus tôt !

— Soyez tranquille, ma sœur. Ah !... à propos, fit le chevalier prêt à ouvrir la porte...
J'oubliais l'essentiel.

— Quoi donc ! demanda la comtesse.

— Vous ne m'avez pas donné l'adresse de
ce médecin.

— O mon Dieu !... c'est vrai, j'ai oublié de
la demander... répondit la veuve. La baronne
de Penaultier est à la campagne... et je ne
sais...

— Ne vous inquiétez pas, ma sœur... je
finirai bien par le trouver...

—J'y compte... Au revoir.

Chacune de ces paroles que la comtesse
laissait tomber d'une voix défaillante semblait
lui coûter beaucoup : le chevalier, quelque
envie qu'il eût de demander de moins vagues
éclaircissemens, n'eut pas le courage de poursuivre un entretien qui épuisait le peu de
forces que reprenait sa sœur. Celle-ci finit par
tousser d'une manière inquiétante : le chevalier n'en demanda pas davantage, quoique
certainement cela ne lui suffit pas. Il vit sa
sœur se retourner vers la ruelle, et ordonner,
par un signe, qu'on tirât les rideaux de son
lit.

Saint-Alyre, attentif à respecter le repos de
la comtesse, sortit alors ; mais en marchant
sur les pointes de ses bottes pour empêcher
ses talons éperonnés de retentir sur le parquet.

X

Les vivans ressuscitent.

Les vicissitudes de cette histoire nous ra-
mènent à l'hôtel de la Tranquillité ; montons
au deuxième étage, dans la chambre que vous
connaissez déjà : sur un lit est étendu, à moitié déshabillé, le corps de Philippe de Lanta.
Quatre hommes, au nombre desquels nous
retrouvons le cocher sans barbe, se tiennent
aux côtés du docteur effrayé ; ils lui ont aidé à
transporter le jeune homme : le cocher, qui
porte sur son visage quelques traces de son
récent pugilat, s'approche du docteur et lui
dit tout bas :

— Vit-il encore, monsieur le docteur?

Rozel fait un signe affirmatif.

— Mais il est bien mal, ajoute-t-il, en con-
gédiant ces quatre hommes : il donne à chacun un écu pour leurs services. Malgré l'affliction factice de ces gens-là, leurs figures
s'éclairent à la vue de l'argent et ils se con-
fondent tout bas en mille remercîmens, que
le docteur interrompt en leur fermant la porte.

Une fois seul, le visage du docteur s'illu-
mina soudain ; ses traits s'épanouirent : pas la
moindre trace de l'affliction qui les assombris-
sait tout à l'heure. Rozel écouta s'il n'entendait personne, mit le verrou à la porte, et,
d'un pas sautillant, il se dirigea vers le lit.

— Philippe, ta main !

— Le blessé, pâle comme un linceul, entr'ouvrit avec peine des yeux indécis, d'où
s'échappa un triste regard, et souleva péni-
blement une main languissante.

— Qu'est-ce à dire ? s'écria le docteur : et,

tâtant le poignet ; un pouls *ondoyant*, des
frissons erratiques... Je vois ce que c'est...
L'effet de l'imagination... Philippe, je t'ai
sauvé !

Le blessé ne bougea point.

Le médecin en fut effrayé ; il songea aux
miracles de l'imagination, et il lui vint en mémoire ce fait d'un homme à qui on vient lire
sa grâce sur l'échafaud, mais trop tard : son
imagination l'avait tué avant même d'être
touché par la hache.

—Mon ami, continua le docteur alarmé,
tu n'es pas gravement blessé... Ce n'est rien.

Philippe secoua la tête, et d'une voix faible :

—Je vais mourir... Ne l'as-tu pas dit ?

—Sans doute, reprit Rozel ; je l'ai dit sur le
terrain ; je l'ai dit en pansant ta blessure dans
le carrosse : mais il le fallait pour les specta-
teurs... Tiens ! re-garde-moi ; si tu étais en
danger, serais-je si joyeux ?

Le blessé releva la tête.

— Allons, je vois que tu l'as cru comme les autres, dit le docteur. Diable! comme tu t'affectes d'une parole; une calomnie te ferait mourir... Il était, ma foi, bien temps de te détromper.

— Un mensonge! soupira Philippe; merci! Je n'y crois pas; tu veux me rassurer.

— Du tout! mon cher: la pure vérité; parole d'honneur, tu n'as rien à craindre. L'épée de ton adversaire a glissé sur les côtes de l'hypocondre gauche; et la tienne, en la heurtant, lui a fait labourer le derme en allant vers l'hypocondre droit: la plèvre n'est aucunement attaquée; enfin, ce n'est pas plus grave que ce qu'en terme de métier on appelle un coup de fouet.

Le blessé écoutait cette démonstration avec un étonnement mêlé d'incrédulité.

— S'il en était comme tu le prétends, Rozel, aurais-tu crié que j'étais mort?

— Parbleu; mais sans cela tu étais mort
effectivement : le chevalier ne pouvait manquer de te tuer... Tu étais trop novice pour
ne pas lui en fournir l'occasion, et lui trop
adroit pour n'en pas profiter... tandis que,
par mon stratagème, tout est sauvé, ta vie
d'abord, ta réputation et puis la mienne; car
tu penses bien que ta cure va me faire honneur... Je connais bien ta maladie, puisque
c'est de moi que tu la tiens; à la rigueur, tu
pourrais sortir aujourd'hui même, mais il faut
respecter les convenances, et je veux que tu
gardes le lit une quinzaine au moins.

— J'ai besoin de penser charitablement que
tu extravagues, sans cela ce serait une trahison, répondit le blessé; mais cette fois d'un
ton dont la sonorité le surprit agréablement
lui-même: oui, ce serait une trahison.

—Dont je me félicite, ajouta Rozel.

—Si j'en étais certain, interrompit Philippe,
j'écrirais sur l'heure au chevalier pour lui offrir une seconde rencontre.

— Nullement , objecta Rozel, d'un grand
sang-froid. Pour écrire cela, il faudrait donner un démenti à mes paroles : par conséquent, ce serait avec moi d'abord que tu
voudrais bien t'aligner : et pour la première
fois on verrait un malade tuer un médecin qui
l'aurait guéri ; quel encouragement pour mes
confrères ! Trouves-tu donc que trop de gens
réchappent de leurs mains ?

Philippe était révolté de ce sang-froid et de
ces plaisanteries : néanmoins, pouvait-il se dissimuler que les intentions de Rozel partaient
d'une bonne âme, et qu'à n'avoir égard qu'aux
résultats matériels, il fallait se réjouir ? D'ac-
cord ; mais la voix d'un scrupuleux honneur
criaillait aux oreilles du jeune homme ; ce qui

le poussa à accabler d'invectives son jeune Hippocrate.

Celui-ci, pour toute réponse, se contenta de dire d'un ton comique :

— Qu'on me rattrape à guérir quelqu'un !

Pour le coup, Philippe, outré de cette tranquillité moqueuse, saisit le médecin au collet.

— Bravo ! s'écria Rozel, quelle vigueur dans le poignet ! Eh bien ! toi qui te croyais perdu... Une heure plus tard, et tu aurais eu la force de m'étrangler.

A ces mots, et en dépit de la meilleure volonté, Philippe ne put garder son sérieux, et tous deux, malade et médecin, partirent d'un éclat de rire.

— Chut !... fit tout à coup le docteur qui gesticulait des deux bras à la façon dont les oiseaux battent des ailes.

— Chut ! répéta-t-il, j'entends monter quelqu'un.

Et le médecin alla doucement dégager le
verrou; il avait conjecturé juste: une seconde
plus tard, quelqu'un, sans prendre la peine
de frapper à la porte, se précipita dans la
chambre.

C'était Amador, baron de La Briffe.

Il arrivait tout stomaqué, tout essoufflé,
tout ahuri.

Au milieu de ses exclamations, de ses in-
terruptions, de ses gesticulations et du décou-
su de ses discours, il fut difficile de comprendre ceci: que l'oncle, à son souper (mauvaise heure pour lui, qui avait un culte pour
messer Gaster), avait reçu de M. le duc de
Duras l'avis de l'accueil qu'on réservait à
Philippe dans la compagnie des gardes. Le
baron, à cette nouvelle, avait mis une extrême
diligence pour accourir, et encore était-il
arrivé trop tard.

La Briffe, qui ne se livra à ces détails qu'après avoir vu son neveu, prit à part le docteur pour connaître au juste la vérité sur l'état du blessé.

Le docteur Rozel, sans dissimuler à l'oncle la *gravité* du mal, le rassura complétement sur l'issue. Il termina avec une solennité grotesque par cette phrase emphatique :

—Monsieur le baron, je réponds de votre neveu sur ma tête !

Cela n'empêcha pas le baron de s'exclamer : —Quel malheur ! maudit duel ! qui aurait pu prévoir !... Ce qu'il y a de mieux, c'est qu'on ne manquera pas de me jeter la pierre.

—A vous ?... Allons donc ! fit le docteur.

—Oui, monsieur, à moi, insista La Briffe. Si vous connaissiez mes ennemis, leur ardeur à me persécuter !... Il en est un surtout, un oncle de Philippe, M. de Parazol, ambassadeur en Bavière... heureusement qu'il est à

son poste : celui-là , monsieur , jaloux de la
confiance que défunt mon frère mit en moi
(le baron essuie deux larmes), me joue toute
sorte de mauvais tours... Il me poursuit avec
un acharnement... il ne vient pas une seule
fois à Paris, ce qui heureusement est fort
rare, sans qu'il ne me menace d'assembler le
conseil de famille et d'autres avanies de cette
espèce... Ce serait bien pour le coup qu'il
aurait beau jeu... il m'accuserait d'avoir tué
mon pupille.

La Briffe prit le bras de Philippe, puis,
mettant la main sur son cœur, il déclama
avec une volubilité qui le seconda mal :

— Le tuer ! ce fils chéri !... quand je donnerais tout son sang pour moi !

C'était juste le contraire que le baron voulait dire : mais ce contre-sens singulier diver-
tit les auditeurs, et Philippe se détourna pour
en rire sous cape.

Le tuteur, rassuré par le médecin sur les suites de ce funeste événement (c'est ainsi que le baron qualifiait ce duel), finit par en prendre son parti, et, les choses examinées de près, il se remit dans son assiette.

— Quand nous nous désolerions, dit-il, la compassion ne remédie à rien, et pour tant de part qu'on prenne au mal d'autrui, ça ne le diminue pas, car il en est de cela comme de la lumière d'une lampe : vous avez beau lui en emprunter, sa quantité reste la même. Ainsi, soyons raisonnables : moi, j'ai une faim d'enragé. Figurez-vous qu'hier j'ai reçu la lettre du maréchal en me mettant à table : vous comprenez que je ne soupai qu'à moitié... Depuis lors je n'ai rien pris qu'une seule tranche de gigot, mon estomac défaille... je vais me faire monter à déjeûner.

Le baron sonna; un domestique parut.

L'ordre donné, le valet venait à peine de se
retirer pour le remplir, lorsque dom Guerlus
arriva à son tour.

Le pauvre vieillard, il était rendu de fatigue, mais il oublia tout en trouvant son cher
élève vivant ; il fallait voir sa joie, ses transports, entendre ses cris d'allégresse ! Il baisa
la main de Philippe, embrassa le docteur et
fit un tour dans la chambre sans s'apercevoir
de la présence du baron.

Il fallut que celui-ci, les bras croisés, se
campât en face du précepteur, et que d'un
ton sévère, il l'apostrophât de cette sorte ;

— C'est ainsi, monsieur le pédant, que
vous surveillez votre élève ?

Mais dom Guerlus, qui n'avait aucun tort,
laissa comme non avenu le reproche de son
maître, et sans y répondre :

— Ah ! s'écria-t-il, vous ici. monsieur le
baron ? ça m'étonne.

Puis se reprenant :

— Où donc ai-je la tête ? Qu'est-ce que je dis donc là ?... Ça ne m'étonne pas du tout ; je savais très bien que vous étiez ici.

— Vous le saviez ! interrompit le baron surpris et intrigué par cette assertion. Eh ! comment le saviez-vous ?

— Oh ! c'est toute une histoire, reprit Guerlus. Je venais d'arriver sur le lieu néfaste du duel... Je l'appelais *néfaste* quand j'ignorais que la blessure était loin d'être mortelle... Maintenant que mon cher élève m'a parlé et m'a souri, il me faudrait une autre épithète que *néfaste* : je n'ai pas eu encore le temps de la trouver, mais ça viendra !

— Allons donc ! fit le baron en frappant du pied, en aurez-vous bientôt fini avec vos préambules ?

— Je continue, reprit posément le philoso-

phe. Je venais d'arriver sur le lieu... (Je rem-
plirai plus tard cette lacune), et quelques ma-
nans m'avaient dit que Philippe était mort...
Vous comprenez toute la violence de ce coup...
Ici je ne me souviens plus de rien, si ce n'est
que je suis tombé à la renverse.

— Quel cœur! interrompit Philippe de
Lanta, en tendant de son lit la main à son
précepteur.

Guerlus alla serrer cette main et essuya
une larme.

— Oh! ne m'ayez pas d'obligation, dit-il
au jeune homme, je ne l'ai pas fait exprès.

— Après? après ?... ponrsuivit le baron.

— Je suis à vous, répondit le précepteur,
retournant à sa place. Bref, quand je me ré-
veillai de cet anéantissement, je me trouvais
assis contre un arbre ; la connaissance m'é-
tait revenue, et avec elle le sentiment de ma
douleur : Philippe! mécriai-je, mon pauvre

ami, où es-tu? moi qui t'ai si bien élevé! —
Vous êtes précepteur? ainsi s'exprima une
voix partie de derrière moi... Je crus avoir
affaire à quelque sorcier. Si j'avais été Janus,
je me serais dispensé de tourner la tête; j'a-
perçus un homme de cour, tout chamarré de
galons et de dorures, environné de quatre es-
tafiers, à quelques pas d'un magnifique carrosse qui attendait dans une avenue... Cette
pompe m'imposa; à tort, je l'avoue : je n'i-
gnore pas que le moindre lis des champs est
plus richement vêtu que Salomon dans toute
sa gloire... Mais que voulez-vous! la nature
humaine!... Aussi, je m'inclinai profondé-
ment, et je répondis :—Oui, monseigneur, je
suis un précepteur en effet.—Vous appartenez
à M. le baron de La Briffe, fut-il ajouté. J'étais
abasourdi de la prespicacité de cet homme.
Je m'inclinai derechef. — Oui, monseigneur!
je disais *monseigneur,* sachant bien que je

parlais à mon égal devant Dieu ; mais cette
maudite nature humaine !

— Au diable vos parenthèses ! cria le baron
dépité par le conteur.

— Je n'en ferai plus, reprit le philosophe :
je dirai donc que mon illustre inconnu devina
mon état et ma place. Votre maître, M. le
baron est en ville, poursuivit-il ; M. le duc de
Duras lui a écrit hier.

— Quel était donc cet homme ? demanda La
Briffe, dont la curiosité devenait de l'inquiétude.

— Quel il était ! observa imperturbablement
Guerlus, je ne le savais pas encore, et j'étais
néanmoins aussi impatient que vous de le connaître...

— Tête de mulet ! grommela l'auditeur irrité
par cette allure méthodique de Guerlus. De
son côté, le philosophe ne voulait pas commencer son histoire à la manière dont le pro-

fesseur de syriaque lui avait dit qu'on commençait les livres d'hébreu, par la fin.

Le précepteur continua donc ainsi :

— Monseigneur, m'écriai-je, vous qui paraissez ne rien ignorer, m'apprendrez-vous
où est mon élève? — A l'hôtel de la Tranquillité avec son tuteur, me répondit-il.

— Mais vous avez rêvé tout cela, interrompit le baron avec une évidente anxiété; c'est
incroyable.

— C'est absolument ce que je pensais, poursuivit Guerlus. Si vous voulez, me dit obli-
geamment l'étranger, je vous prendrai dans
mon carrosse ; je n'ai qu'à me rendre ici à
Saint-Maur, et de là nous irons ensemble à
votre hôtel. —Merci, monseigneur, répondis-
je, j'y serai plus tôt que vous : perdre un instant quand mon pauvre élève est peut-être
mort... non, jamais... j'y cours tout droit. —
Monsieur le docteur, me cria le personnage en

s'éloignant, annoncez ma visite au baron : il y
a long-temps qu'il ne m'a vu et nous avons
quelques comptes à régler ensemble !

—Me direz-vous enfin quel était cet homme?
cria le baron au comble de l'inquiétude.

— Tout de suite, répondit Guerlus ; vous le
sauriez déjà sans votre interruption... Mais
c'est toujours comme cela... on croit avancer,
on recule... On se presse pour se retarder...
Nature humaine !

— Vous me faites bouillir... Achevez donc!

— J'achève. Je me retournai, et je dis : De
quelle part, monseigneur?

—Il me connaît, répondit-il : l'ambassadeur
en Bavière, le marquis de Parazol.

Mané! Thecel! Pharès! Ces trois mots ne
firent pas plus d'effet sur le plus effrayé des
convives de Balthazar que le simple nom de
Parazol sur le baron de La Briffe.

Il se leva, troublé, éperdu, courut par la

chambre comme un possédé de la danse de Saint-Guy.

— Parazol! répétait-il avec effroi. Que faire? que devenir? Oh! ces choses-là n'arrivent qu'à moi!... Où fuir? où me cacherai-je?... Mon plus inplacable ennemi!... Il va m'accuser, me poursuivre... Je suis perdu!

Dom Guerlus considérait le tuteur avec compassion et sans rien comprendre à cette subite frénésie.

Vainement Philippe cherchait-il à rassurer son oncle; celui-ci ne l'écoutait seulement pas : il ne voulait entendre à rien.

Fatigué de tant d'agitation, de tant de secousses, La Briffe s'arrêta; il avait une idée.

— O mon Dieu! s'écria-t-il tout à coup d'une voix piteuse... Je me sens mal, bien mal... et il tomba dans un fauteuil... Docteur, à moi!...

Rozel accourut et lui prit le bras. Docteur,

continua-t-il, je suis malade; qu'est-ce que j'ai?

— Vous avez peur, répliqua Rozel avec un flegme à désespérer les prétentions du baron.

La Briffe se fâche, et d'un ton où la prière se mêlait à l'indignation :

— Quand je vous dis que je suis malade, docteur... Je le sens bien, moi; je le sais mieux que personne, j'imagine! Mais on ne me croira que lorsque je serai mort... froid, enterré. Docteur, faites-moi la grâce de me croire malade.

— Je ne demande pas mieux que de croire ce que vous dites ; mais fournissez-moi des symptômes pour asseoir mon pronostic. Vous avez le teint fortement coloré...

— C'est que je suis rouge, reprit le baron; mauvais signe. N'y a-t-il pas quelque maladie où l'on soit rouge?

— Pardon, répondit le docteur, qui laissa

percer une pointe d'ironie. Nous avons la fièvre scarlatine.

— Eh bien! c'est cela, que ne le disiez-vous? J'ai la fièvre scarlatine.

Mais le tuteur remarqua la moquerie du médecin; et le choix d'une maladie que la vogue naissante du *Barbier de Séville* pouvait rendre comique offusqua la susceptibilité du baron, qui voulait à tout prix une maladie sérieuse.

—Non, non, dit-il en se reprenant; je n'ai pas la fièvre scarlatine. Est-ce la seule maladie où l'on soit rouge ?

— Il y a encore, poursuivit le docteur, la pléthore.

—C'est cela, j'ai la pléthore, s'empressa de dire le baron, qui craignait d'être pris au dépourvu de maladie à l'arrivée de Parazol : j'ai la pléthore, répétait-il avec une joie bizarre ; je sens que j'ai besoin de me coucher : Guerlus, je prends votre lit... Préparez-le-moi pendant

que je me déshabille : vous ordonnerez à mes
gens de faire mettre de la paille dans la rue;
beaucoup de paille, entendez-vous, pour amor-
tir le bruit des voitures ; j'ai la pléthore. Et se
tournant vers Rozel : — Est-ce dangereux, la
pléthore? Mais, avant que le docteur eût trouvé
le temps de lui répondre, voilà notre gros baron qui, à moitié déshabillé, galopa vers le lit
de son pupille. Rozel avait fait apporter quelques cordiaux pour soutenir les forces de Philippe : quelques fioles, une tasse de bouillon;
le tuteur fit main basse sur tout cela, et alla
ranger cette artillerie sur une table à côté de
son propre lit.

Le neveu le voyant déménager ses engins :

— Que faites-vous, mon oncle, lui dit-il, et
moi donc?

— Toi, répliqua le baron, de quoi te plains-
tu? Il ne te manque rien ; n'es-tu pas blessé?

Quand on n'a pas la vérité pour soi, on s'a-

dresse à toutes les vraisemblances : le loup
devenu berger regrettait de ne pouvoir inscire
sur son chapeau un titre qu'il usurpait.

Après cette expédition étrange, La Briffe
allait se glisser dans son lit. Le docteur l'arrêta :

— Avez-vous bien la pléthore, monsieur le
baron ?

— Si je l'ai ! répondit le tuteur, c'est à n'en
pas douter.

— Je reconnais bien chez vous deux symptômes : la rougeur des joues et de la conjonc-
tive.

— Vous voyez bien ! fit le baron triom-
phant.

— Mais, ajouta Rozel, il faut encore constater la rougeur de l'intérieur du nez.

— Mon nez brûle, docteur; c'est-à-dire que
ce n'est pas un nez, c'est un tison que j'ai au
milieu de la figure.

— La rougeur du gosier? continua le médecin.

— Précisément! je sens du feu à la gorge.

— Il faut, en outre, éprouver de la chaleur
aux extrémités.

— De mieux en mieux; touchez mon pied,
docteur, dit le baron, posant le pied gauche
sur le bois du lit pour s'aider à monter; touchez le.

— En effet, observa Rozel, il est brûlant.

C'était la vérité; et puis, l'ami de Philippe
avait réfléchi que ce n'était pas la charge d'un
médecin d'empêcher les gens d'être malades
ou de se dire tels.

— Monsieur le baron, ajouta-t-il, vous fi-
nirez par me convertir; et pour peu que vous
sentiez votre corps lourd et paresseux, que
vous éprouviez de la propension au sommeil...

— Comment donc! je dors debout, répondit le tuteur, non sans se réjouir à part lui

avec cette pensée : « L'imbécile qui s'y prend aussi ! »

— Il ne vous manque plus que les yeux larmoyans.

Le baron fit une grimace pour humecter ses paupières. Ce fut inutile.

— Ça viendra, docteur.

— Je le crains, dit Rozel pénétré : vous avez un pouls dur et rénitent ; les mouvemens de systole et de diastole ne concordent pas. Auriez-vous par hasard des éblouissemens, des étourdissemens ?

— Retenez-moi, docteur, la tête me tourne, je vais tomber !

Le baron tomba en effet, mais il tomba du côté du lit. Une fois couché :

— Guerlus, dit-il, tirez mes rideaux ; car la lumière offense mes yeux *larmoyans*.

Par ce moyen, le baron fut enfermé dans son lit comme dans une tente.

Le docteur s'approcha de son chevet :

— Pardonnez-moi, monsieur le baron, de vous avoir marchandé ma foi : je vois bien que vous avez la pléthore, ce qui fait craindre les tumeurs phlegmoneuses et l'apoplexie.

— L'apoplexie ! s'écria le baron avec effroi, car il avait toujours redouté cette maladie à laquelle son tempérament sanguin semblait l'exposer. L'apoplexie ! doucement, docteur, pas de ces farces-là : la pléthore, oui, tant que vous voudrez ; je l'ai, c'est convenu : mais l'apoplexie !... Ah ! grand Dieu ! l'apoplexie !

Pour toute consolation, le docteur fit un signe énigmatique : le baron eut peur ; il commença à être travaillé de la croyance qu'il avait prêchée aux autres. « Voyons un peu, pensa-t-il, si tout en plaisantant j'allais avoir une attaque. »

Rozel se rapprocha du tuteur :

— Ne vous effrayez pas trop, monsieur le baron, lui dit-il, vous la feriez venir; l'imagination est si puissante! Martial a fait une épigramme sur un certain Lælius qui, pour ne pas assister au lever de quelques patriciens, feignit d'avoir la goutte.

— Eh bien! docteur? demanda le baron curieux.

— Eh bien, il finit par avoir la goutte tout de bon.

Le baron tressaillit sur sa couche.

— Diable! si j'allais avoir mon apoplexie!

Et la figure du baron devint blême, et il frissonna de terreur; car il se rappela s'être souvent moqué de ce gentilhomme anglais qui, au rapport de Froissart, fit vœu de porter l'œil gauche bandé jusqu'à ce qu'il eût fait un exploit de guerre en France, et qui s'en retourna réellement borgne vers la dame pour l'honneur de laquelle il s'était embarqué dans cette entreprise.

Cette mémoire heureuse rendait très malheureux notre malade, dont les idées se rembrunissaient de plus en plus. Pour l'achever, il crut entendre monter quelqu'un. Aussitôt de s'enfouir tremblant au fond de ses draps. L'instinct de la peur ne l'avait pas trompé on annonça M. le marquis de Parazol.

II

Les pieds à l'eau.

Le marquis de Parazol portait une grosse tête sur un corps grêle et court : le chapiteau écrasait la colonne. Sa figure offrait un coloris brun, une peau chaude, sèche et dure : son front, qui surplombait en auvent de boutique sur ses yeux enfoncés, était traversé par ces veines grandes et apparentes qui sont affectées aux tempéramens bilieux. Ce visage insensible était plutôt au service de la volonté que des passions de cet homme ; une fois qu'il avait pris sa figure officielle, il pouvait défier quiconque de découvrir ses pensées intimes : Zopire lui-même, dont Cicéron vante tant la pénération physionomique, y aurait perdu son latin. Hors de ses fonctions, l'ambassadeur couvrait du vernis glacé de la politesse les inégalités de son caractère, mais elles se trahissaient parfois, à peu près comme de dessous une belle perruqne s'échappent quelques mèches de véritables che veux.

Par une singularité digne de remarque, le baron de Parazol avait to us les caractères d'un bossu : les bras et les doigts longs, la voix glapissante, la tête enfoncée. Vu par devant, vous ne vous doutiez pas de sa bosse ; se tournait-il, pas la moindre gibbosité ; son dos ne tenait pas ce que la face avait promis : sa structure était encore de la diplomatie. Or, ce n'est pas exagérer que de prétendre que, dans cette difformité et dans cette courte taille, résidait une des causes de l'ascendant de ce personnage. Nous établissons malgré nous une corrélation entre les actions des hommes et

leur extérieur : Nous avons fait Jupiter colos-
sal et les Titans gigantesques ; or, voir un petit corps produire des actes de haute importance et de grande autorité, nous étonne presque autant que si un pygmée accomplissait les
travaux d'un Hercule. Cela jette quelque
chose de fantastique et de surnaturel dans le
personnage qui, d'une petite main, remue de
grands événemens.

Le marquis de Parazol était fort redouté
pour toutes ces raisons, et surtout pour celle-
ci, qui est la meilleure : on le savait obstiné
par ignorance, et méchant par instinct.

Il entra dans la chambre garnie... de malades, avec une majesté diplomatique dont il
ne se départissait jamais, pas même dans les
plus vulgaires démarches.

A son approche, Philippe de Lanta dressa
la tête sur son chevet et salua son oncle. Ce-

lui-ci lui fit signe de la main de ne pas se déranger; il commença ainsi :

— Bonjour, monsieur mon neveu ; je viens d'apprendre de l'*espèce* qui tient cette bicoque que vous n'étiez pas mort : c'est bien heureux, et je vous en félicite, car votre adversaire, qui est de ma connaissance, n'a pas pour habitude de ménager ses gens. Comment vous trouvez-vous ?

— Il y a du mieux , dit le docteur, répondant pour le malade.

L'ambassadeur parut choqué de l'intrusion de Rozel dans un entretien auquel il n'avait pas été convié ; il cligna de l'œil pour regarder le docteur par dessus l'épaule d'un air qui semblait dire : « Est-ce que je vous ai interrogé ? »

Ensuite le diplomate parla à l'oreille du malade, ce qui déjà était une impertinence, pour lui dire, de façon à être entendu, ce qui en

était une plus grande encore, comme vous
allez voir :

— Mon neveu, qu'est-ce que c'est que ça ?

— Quoi ? ça ! demanda à son tour le neveu.

— Cet homme ? ajouta Parazol en désignant
de l'œil le docteur.

— Cet homme ! Comme vous y allez, mon
oncle ; c'est mon médecin, répondit Philippe.

—Ah ! répliqua l'ambassadeur avec dédain.
Et vous l'appelez ?

— Le docteur Rozel.

Le diplomate contourna sa lèvre avec mé-
pris, et laissa tomber ces mots :

— Connais pas. Puis, examinant de près le
docteur, il ajouta : Sais-tu qu'il n'a pas l'air
fort ton médécin?

— Oh ! pardon, mon oncle ; il est entendu,
objecta rapidement Philippe : je le connais
bien : il a été mon condisciple.

Mais le marquis, dont l'obstination a été

dévoilée, ne tint aucun compte de la réponse
de Philippe, et poursuivit son idée première.

— Croyez-moi, votre cas est grave mon
neveu; il faut y regarder à deux fois, et ne
pas se confier au premier venu.

— Mais, mon oncle, riposta le neveu, je
vous prie de croire que le docteur Rozel n'est
pas le premier venu.

— Bah! répliqua le diplomate, quelque médecin de pacotille... Si vous y consentez, je
vous enverrai le médecin de l'ambassade.

— N'en faites rien, mon oncle, se hâta de
répondre Philippe, qui avait ses raisons pour
cela. Je ne le recevrais pas, Rozel s'en forma-
liserait.

— Eh bien! le grand mal, poursuivit l'oncle; tu en serais débarrassé.

— Mais, mon oncle, insista plus fort le malade, je ne cherche pas à m'en débarrasser, au
contraire, je ne veux que Rozel... pas d'autre,

j'y tiens ; je n'ai confiance qu'en lui. Ses nombreuses cures...

— Tant pis pour vous, interrompit l'ambassadeur : ce que j'en disais, moi, n'était que pour votre bien.

— Aussi je vous en remercie avec effusion, mon cher oncle ; mais vous comprenez...

— Mon Dieu, à votre aise, vous êtes le maître, mon neveu. Après tout, c'est la foi qui sauve et non le médecin.

— Oui, mon oncle, reprit Philippe en souriant, et, si je dois mourir, au moins m'aura-t-on, comme Socrate, laissé choisir mon genre de mort.

— Ou votre médecin, ce qui revient au même, appuya le marquis. Moi, je n'ai confiance à aucun, si bien que la cour de Bavière m'a chargé de lui ramener un médecin de France, et que je ne m'y déciderai pas... c'est une trop épineuse négociation... Vous com-

prenez la reponsabilité, les raisons d'état...
il n'aurait qu'à me tuer le grand-duc et je
serais perdu... On a eu vent de cet article de
ma mission, et une foule de médecins ont déjà
assiégé mes protes ; chacun avec des recom-
mandations, des certificats où l'on me vantait
leurs cures merveilleuses... mais je n'y crois
pas... Leurs cures ressemblent au diable, tout
le monde en parle et personne ne l'a vu...
mais ce n'est pas moi qu'on prendra sans
vert. A tous les postulans j'ai fait la même
réponse : Guérissez deux ou trois personnes,
là, en ma présence ; et quand de mes propres
yeux j'aurai vu vos miracles, alors... Mais ne
parlons pas de ça : vous vous obstinez, mon
cher neveu, après votre docteur : grand bien
vous fasse! D'ailleurs, ce n'est pas pour cela
que je suis venu.

Tout le temps que cette conversation fut
chuchottée, qui était bien perplexe ? c'est le

pauvre baron. Lui qui était censé s'étouffer
d'un excès de chaleur, il grelottait sur son lit ;
la peur l'avait transi, et ce qui l'augmentait
encore, c'est qu'il n'entendait pas ce qu'il
croyait se comploter contre lui.

Le marquis de Parazol envoya son regard
perçant tout autour de la chambre, comme on
mande un chien à la recherche du gibier. Dans
cette exploration, le marquis n'aperçut que le
docteur, qui, du premier mot, l'avait tant of-
fusqué, et dom Guerlus qui se tenait chapeau
bas auprès du lit fermé : ce n'était pas là le
compte de l'ambassadeur. Il leva la langue
pour interpeller le philosophe; mais il se reprit aussitôt ; sans aucun doute qu'il trouvait
le procédé trop direct : il lui fallait plus de détour pour arriver à son but.

— Mon neveu, continua-t-il à haute voix,
je ne vous fais pas de reproche ; votre inexpé-
rience et votre état me l'interdisent.

— Allons, voici mon heure, pensa l'infortuné La Briffe en aventurant un léger soupir que personne n'entendit.

— Mais, mon neveu, poursuivit vivement l'ambassadeur, il est quelqu'un à qui mon devoir de parent m'oblige à demander compte de votre conduite, compte de votre sang. Je sais tout : je suis venu ici autant pour vous rendre une visite que pour constater votre état; mais cet homme, que n'est-il ici? c'est sa place, il me semble.

Le baron soupira plus fort; mais l'ambassadeur n'entendit pas. Après une pause, il reprit sur le même ton :

— Votre tuteur, celui que votre père mourant eut l'imprudence de constituer votre gardien, votre protecteur : s'il vous avait accompagné, rien de tout cela ne serait advenu. Tenez ! rien que d'y penser la colère me monte au visage. Votre tuteur, pour son exécrable

conduite, mérite d'être traité avec la dernière
rigueur ; et cette fois, ce n'est pas devant un
conseil de famille, mais par devant la justice
que je prétends le traduire.

La Briffe ne respirait plus. Alors le marquis
s'adressant à Guerlus :

— Monsieur le précepteur, lui dit-il, avez-
vous rempli la commission dont je vous avais
chargé ?

Le pédant ainsi interpellé ne remuait pas et
ne soufflait mot, paralysé qu'il était par la
crainte. Enfin, il se hasarda à faire de la tête
un léger signe affirmatif.

— Mais alors continua l'ambassadeur, M. le
baron de La Briffe doit être prévenu de ma
visite... Où est-il ?

Un gémissement plaintif répondit à l'interrogation du diplomate. Le marquis détourna
la tête, et les rideaux entr'ouverts lui permi-
rent de voir gisant sur son lit le baron de La

Briffe. Celui-ci se soulevant avec peine sur un bras mal assuré et portant la main droite sur son cœur, soupirait à mots entrecoupés ces cris de détresse :

— Docteur, j'étouffe !... à moi !... Le sang à la tête... au cœur... La pléthore... Je vais mourir !

L'ambassadeur fut extrêmement stupéfait devant un spectacle si imprévu : il resta bouche close une minute... Après quoi il s'approcha du docteur (le baron paraissant hors d'état de rien entendre) :

— C'est là M. de La Briffe ? lui demanda-t-il.

— Lui-même, monseigneur.

— Est-ce qu'il est malade ?

— Comme vous voyez.

— Eh ! qu'a-t-il ?

— La pléthore.

— Diable ! c'est bien fâcheux, observa l'am-

bassadeur, dans un tout autre sens que celui
que cette exclamation offre d'abord à l'esprit.
Oui, c'est fâcheux, répéta-t-il sans dissimuler sa contrariété. En aura-t-il pour long-
temps?

— Heu! heu!... fit Rozel, c'est selon... ça
dépend... Mais avec des soins et un bon régime...

— M'échapperait-il encore? murmura le
marquis entre ses dents. Docteur, guérissez-le
bien vite... j'ai un congé si court!

Cette dernière phrase, qu'entendit parfaitement le baron, circula dans toutes ses veines
comme le plus agréable des élixirs. Le tuteur
se réjouissait tout bas : c'était une allégresse
à le rendre réellement malade, s'il était obligé
de la cacher sous une dolente figure.

— Vous entendez, répéta l'ambassadeur,
en s'adressant à Rozel, j'ai besoin que cet
homme guérisse vite.

— J'y ferai tout mon possible, répondit le
docteur en s'inclinant, et pourvu que monsieur le baron s'y prête, j'ai l'espoir que bientôt...

Le marquis l'interrompit :

— Ne promettez rien, docteur ; mais agis-
sez, et vous serez content de moi.

Cela dit, Parazol quitta le lit de l'oncle pour
aller à celui du neveu. Il prit la main de Philippe, et lui annonça qu'il reviendrait le voir.

La Briffe, après tant d'angoisses, entendait
sonner l'heure de sa délivrance.

L'ambassadeur se retirait enfin ; mais il n'é-
tait pas encore sorti.

Au même instant parut sur le seuil de la
porte un garçon de l'office, tenant des deux
mains un plateau des mieux fournis. Entre
une bouteille de vin de Citeaux et une autre
de Malvoisie, se pressaient des mauviettes de
Pithiviers, une tranche de thon frais de Tou-

lon, et, au milieu, des ortolans embaumés dans
un cercueil de pâtisserie ; le tout borné à tous
les points cardinaux d'un dessert varié, où
l'œil du gastronome aimait à rencontrer un
plat d'amandes *princesses,* et son nez à deviner ce fromage digestif de Schapsigre, le roi
des fromages aromatiques.

A ce spectacle appétissant, le baron de La
Briffe pâlit. Il comprit que ce déjeûner serait
pour lui le cheval de Troie ; mais il eut beau
foudroyer de son œil le porteur de cette artillerie culinaire, le garçon servant n'y prit seulement pas garde. Loin de là ; et persuadé que
ce n'était pas trop de sa plus grosse voix pour
annoncer dignement un tel déjeûner, il cria
sur la porte :

— Le déjeûner de monsieur le baron !

Voyez-vous bien d'ici l'effet de cette ton-
nante parole ? Dom Guerlus, pour ne pas se
compromettre, regarde attentivement son

chapeau qu'il fait tourner en ses doigts ; Philippe mord les draps de son lit pour étouffer
une insurmontable envie de rire ; le baron
redouble de gémissemens aigus quand l'ambassadeur l'examine, et quand il est retourné
montre le poing au maladroit domestique ; et
le marquis de Parazol observe cette scène, ne
sachant encore que penser.

Singulière destinée que celle du baron de La
Briffe ! Tout à l'heure il faisait sa joie et son
salut de ce qui est la source de l'affliction et de
la mort ; et maintenant le voilà replongé dans
la désolation et poussé vers sa perte par ce
qui, ordinairement, amène l'allégresse et qui
charme la vie en la soutenant. Bref, une maladie le sauvait, est-ce qu'un déjeûner va le
perdre ?

Ce moment critique appelait une solution
prompte et radicale. Le docteur, qui seul entre

tous avait gardé son sang-froid, vit le danger
et tenta de rétablir les affaires.

— Eh quoi! bélitre, dit-il en s'approchant
du marmiton, qui t'a chargé de m'anoblir?
Ne pouvais-tu pas dire simplement le déjeûner de monsieur le docteur? Ou plutôt qu'a-
vais-tu besoin de parler? quand il y a des malades surtout... Qu'est-ce qui m'a vu un pareil malotru?... C'est moi qui te ferai gronder,
va, je m'en charge!... Porte cela ici, sur cette
table.

Le serviteur obéit timidement sans rien répliquer; car à peine le mot fut-il lâché qu'il
sentit bien qu'il venait de commettre une in-
congruité. On dirait que cette attestation se
flaire et se respire : faites une sottise quel-
conque dans un cercle, et immédiatement
après vous vous en apercevez : par les figures,
direz-vous, par les mines de vos voisins? Du

tout, seriez-vous aveugle et sourd que vous
vous en apercevriez tout de même.

— Qu'ai-je à faire de ta baronnie, maroufle?
poursuivit le docteur en prenant brutalement
une serviette des mains du garçon qui était
censé avoir excité sa bile.

Le pauvre marmiton, confondu de honte,
s'excusa comme d'un délit réel, et balbutia
qu'il était bien fâché de sa sottise, mais qu'il
n'y avait pas entendu malice.

— Je crois bien, morbleu! que tu n'y as
pas entendu malice, reprit le médecin du
même ton de colère. Je voudrais bien voir...
il n'aurait plus manqué que cela. Puis se tournant vers le marquis de Parazol : « Vous per-
mettez, n'est-ce pas, monsieur l'ambassadeur,
je tombe d'inanition?... »

Parazol fit un signe d'adhésion, Rozel s'assit,
déplia lestement sa serviette, la posa sur ses

genoux, et se mit en devoir de faire honneur
à ce déjeûner.

Dom Guerlus, alléché par le fumet de cette
chère, avait cessé de regarder son chapeau
pour regarder le déjeûner. Ce langage de l'œil
était trop éloquent : Rozel l'entendit et se laissa
toucher.

— Allons! monsieur le précepteur, pas de
façons; je vous invite; et si le cœur vous en
dit, asseyez-vous là.

Dom Guerlus crut que Pythagore lui parlait
en personne, tant il fut aise de l'invitation du
docteur. Vous entendez bien qu'il ne se la fit
pas répéter; je crois même qu'il ne la laissa
pas finir pour s'attabler en face de Rozel.

Tout ce manége s'exécuta de part et d'autre
avec une désinvolture si naturelle et une vrai-
semblance si peu affectée, que le marquis ac-
cepta la version du docteur. Néanmoins, il ne
s'éloigna pas aussitôt; et ce retard, quelque

léger qu'il fût, donna le temps aux deux convives de faire d'irréparables ravages au déjeûner du baron. Chaque coup de dent allait au
cœur de La Briffe : il gémissait tout bas ; et
même il est à croire que, dans le premier moment de martyre gastronomique, il eût mieux
aimé voir consommer sa ruine plutôt que son
déjeûner.

Enfin, le marquis de Parazol s'en alla, et
sous je ne sais quel prétexte, le malencontreux garçon. Ce dernier avait deviné que
l'ambassadeur lui servait d'abri, mais que l'o-
rage ne pouvait manquer de fondre sur sa
tête aussitôt après le départ de Parazol.

Rozel fit claquer ses doigts en témoignage
de sa joie ; et s'adressant à la Briffe :

— Eh bien ! baron, je vous ai tiré d'affaire.

Le baron, en proie à un reste de frayeur,
n'osait encore répondre.

— Taisez-vous, dit-il bien bas ; s'il vous entendait ! Il serait capable de revenir.

— Bah ! il est déjà loin, reprit Rozel continuant toujours à manger. Il ne songe plus à nous. Eh ! tenez ! entendez le roulement de son carrosse ?

Le tuteur, légèrement rassuré, s'enhardit un peu.

— Merci, docteur, dit-il ; grâce à vous je l'ai échappée belle... car il n'aurait pas cru à la soudaineté de mon indisposition... et pourtant, je suis malade, vous le savez, vous docteur... Je suis même bien malade...

Cependant le baron ne sortait pas les yeux de la table qui séparait Rozel et Guerlus. Il soupirait beaucoup ; enfin, après une pause :

— Docteur, dit-il, cette bartavelle qui reste a une tournure bien délicate.

Le tuteur dit cela de l'air indifférent d'un connaisseur qui juge un tableau.

— Oui, monsieur le baron, répondit simplement Rozel.

Le rusé docteur comprenait bien où le baron
voulait en venir; mais il prenait un malin
plaisir à lui laisser faire tout le chemin.

· Nouveau silence et nouveau soupir de La
Briffe.

— Docteur, continua-t-il, est-ce que dans
la maladie que j'ai on est condamné à faire
diète?

— Je crois bien, répondit le docteur; mais
on ne le serait pas que le malade s'y condam-
nerait de lui-même. On éprouve un dégoût
invincible, ce que nous nommons de l'inap-
pétence : est-ce que cela ne vous soulève pas le
cœur de nous voir manger ?

— Du tout, docteur, j'y prends au contraire
beaucoup de plaisir, objecta La Briffe; cela
me prouve que vous vous serez trompé sur
ma maladie, car je me sens un peu d'appétit...

Guerlus, passez-moi cette bartavelle... Voyons que j'essaie... ça me donnera des forces.

Le précepteur, obéit et le baron se jeta voracement sur ce pauvre oiseau, qui ne tarda pas d'être englouti.

— Néanmoins, poursuivit le baron entre deux bouchées, on ne peut contester que j'aie la phlétore... comment cela se fait-il?

Rozel, qui venait de se lever de table, riait de voir le baron épuiser son génie à concilier les intérêts de sa maladie avec ceux de son estomac : le blessé lui-même s'amusait singulièrement de cette scène. Le baron, quand il eut fini sa bartavelle, continua :

— Docteur, vous qui avez tout étudié, dites-moi, n'y a-t-il pas de ces cas particuliers où...

— Sans doute, monsieur le baron, interrompit le docteur; il y a tant de variétés de tempéramens, que quelquefois ce qui nuit aux uns soulage les autres. Et tous les jours on

constate des singularités produites par l'idyosincrasie.

— L'idyosincrasie ! répéta le baron avec
empressement ; voilà la chose !

Il tenait son passeport, et, voyant que son
cas particulier avait un nom technique, La
Briffe ne s'inquiéta plus de rien, et se cou-
lant à bas de son lit, il s'avança vers la table
sans autre forme de procès.

— Que faites-vous, monsieur le baron?

— Rien du tout. Ne faites pas attention, répondit-il ; c'est l'idyosincrasie qui me talonne...
J'ai grand'faim.

— Mais si l'ambassadeur revenait !

A ce mot, le tuteur s'arrêta tout court.

— C'est vrai, dit-il : je gage qu'il ne me
croirait pas malade... Il en est bien capable ;
et cependant...

Le baron balança une seconde entre la table
et le lit, mais se ravisant tout d'un coup :

— Docteur, dit-il, ne pourriez-vous pas m'ordonner un bain de pieds?

— Y pensez-vous? se récria le médecin : les pieds à l'eau après avoir mangé?

— C'est juste, fit le tuteur. L'eau sur la digestion... Mais si je n'y mettais pas d'eau, dans le bain?

— Oh! en ce cas, reprit Rozel, avec un éclat de rire, il n'y aurait pas d'inconvénient.

— Très bien: merci docteur, ça ne peut pas me faire de mal, et puis ça donne une contenance... Le marquis peut revenir s'il veut... Guerlus, allez, s'il vous plaît, ordonner qu'on m'apporte un bain de pieds, sans eau, c'est moi qui la fournirai, j'ai ici une carafe.

En même temps, le baron s'assit à la table dont, par la commission donnée au précepteur, il avait eu soin d'écarter une ruineuse concurrence.

Philippe et Rozel, témoins de cette habile

politique, échangeaient des sourires moqueurs
et des regards d'intelligence. Le baron ne ces-
sait de répéter en mangeant :

— Docteur, je suis bien malade, allez !...
mauvais signe que cet appétit...; cependant
j'espère, qu'avec des soins, vous nous en sor-
tirez, Philippe et moi.

Le rusé baron cherchait par là à mêler son
mal fictif avec le mal de son neveu, qu'il
croyait réel. C'était pousser à la communauté
des gens qui n'ont rien avec ceux qui ont beaucoup, car le tuteur ne soupçonnait pas que
l'apport de Philippe était aussi négatif que le
sien dans l'association de leurs maladies.

Rozel, allant à Philippe :

— Eh bien ! lui dit-il à l'oreille, comment
trouves-tu ton oncle ?

— Très bien. Je suis certain que tu le gué-
riras.

— J'en réponds ! fit le docteur avec une

solennité comique. Cela dépend de lui... Je
m'engage à le guérir... quand il voudra.

Le baron, seul à table, mangeait comme les
deux qu'il avait remplacés.

Guerlus revint avec un valet, qui glissa
sous la table un vase à sec. Le tuteur remplit
deux fois son verre d'eau, et le jeta sur ses
pieds en manière d'aspersion ; puis il se cou-
vrit les genoux avec une casaque du précepteur. Ce dernier, en s'absentant, avait compté
reprendre son déjeûner interrompu ; mais à
son retour, il s'aperçut bien qu'il avait compté
sans son hôte. Le baron avait ramassé ce qui
était éparpillé sur la table, et il avait circons-
crit le tout dans un cercle très étroit dont son
bras était le diamètre mobile.

Ce que voyant, dom Guerlus se résigna avec
sa formule accoutumée : nature humaine !
Puis il réfléchit philosophiquement sur le
creux de ce proverbe : un bienfait n'est jamais

perdu ; car, enfin, si Guerlus ne fût pas sorti sur la prière de La Briffe, s'il n'eût pas rempli la commission...

A propos de commission, vous n'avez peut-être pas oublié celle dont la comtesse de Vertamy avait chargé son frère, le chevalier de Saint-Alyre. Parlons-en !

XII

Le talon d'Achille.

Le chevalier de Saint-Alyre s'était donc mis en campagne à la recherche du fameux docteur Rozel, dont, avant ce jour, il n'avait jamais entendu parler. C'est même cette absence de notoriété qui embarrassa fort le militaire.

Vainement s'informait-il de l'adresse du docteur, il recevait partout la même réponse. — Rozel? c'est bien Rozel que vous dites? — Oui, monsieur, le docteur Rozel. — Ah!... connais pas. — Pardon. — Il n'y a pas de quoi. D'ordinaire l'entretien ne se poussait pas plus loin.

Mais une personne à qui Saint-Alyre avait adressé la même question, et qui avait riposté par l'invariable réponse, crut devoir ajouter :

— Non, monsieur le chevalier, c'est la première fois que j'entends ce nom, et je ne pourrais pas vous dire; mais si vous teniez beaucoup à savoir cette adresse...

—Parbleu! monsieur, puisque je la demande.

—Eh bien! alors je pourrai vous indiquer quelqu'un qui sûrement vous la donnera.

— Qui donc? demanda le chevalier.

— Un ancien porte-fallot qui a couru Paris dans tous les sens et qui le connaît comme sa poche. Moi, d'abord, quand je suis embarrassé pour quelque renseignement, je m'adresse toujours à lui et ça ne m'a jamais manqué.

— Très bien! mais comment pouvez-vous certifier qu'il connaîtra le docteur Rozel?

— Je ne le certifie pas, monsieur, je le présume. Vous n'aurez qu'à lui dire que vous venez de ma part ; et je serais bien trompé si... Après tout, ça ne coûte rien, l'affaire d'une course. S'il ne le connaissait pas, bonjour, vous n'avez rien perdu.

— Pardon, monsieur, j'aurais perdu le temps, répliquait Saint-Alyre.

— Oh! si vous y regardez de si près... Qui n'expose rien n'a rien... ma foi! C'est votre affaire et non la mienne. Vous me questionnez, je vous réponds de mon mieux, que demandez-vous de plus?

— Rien. Je vous remercie, ne vous fâchez pas.

— Au surplus, vous êtes le maître. Je ne vous impose pas mon avis... cet homme dont je vous parle s'appelle Prunarède, il loge rue Bourg-l'Abbé, à l'Ancre Royale, maison du trésorier des Suisses.

Ainsi, le chevalier, d'après cet officieux conseil, aurait eu à faire dans un détour qui pou-

vait n'être qu'un impasse, autant de chemin
que pour arriver à son but.

Avec d'autres gens, les rôles étaient inter-
vertis, et la personne que questionnait le chevalier, l'interrogeait à son tour.

—Depuis quand ce docteur Rozel exerce-
t-il ?

— Je l'ignore, répondait Saint-Alyre.

— Mais il me semble, insistait l'obligeant
interlocuteur, que si vous alliez à son dernier
logement, on pourrait vous indiquer.

— Sans doute, interrompait le chevalier ;
mais je ne connais pas son dernier logement.

— Je comprends : vous l'aurez oublié, ajoutait la personne, s'imaginant aller au devant de
de la réponse du militaire. Vous l'avez oublié,
n'est-ce pas?

— Oui, répondait l'officier qui se flattait par
ce laconique mensonge de couper court à cette

inquisition. Le malheureux ne faisait que l'a-
limenter.

La personne poursuivait ainsi :

— C'est bien extraordinaire que vous l'ayez
oublié... Ah ! mais vous devez vous rappeler
la rue, au moins le quartier ; et, en s'infor-
mant dans le voisinage... Car un médecin,
c'est connu ; ce n'est même que trop connu de
ses pratiques.

La personne souriait agréablement de cette
facétie, et remarquait avec peine que le chevalier n'avait pas la politesse d'en faire autant.
Saint-Alyre enrageait.

— Croyez-moi, poursuivait-on, avec le
moyen que je vous indique, vous ne pouvez
manquer de trouver votre homme... A propos,
dans quel quartier logeait-il ?

A ce coup, le chevalier sentait toute sa patience lui échapper. Son dépit, échauffé par
cette ardente curiosité, menaçait de faire sau-

ter le couvercle des bienséances qui l'avait
comprimé jusque-là. Saint-Alyre s'enfuyait au
plus vite sans répondre, et cet effort héroïque
de la politesse n'en était pas moins interprété
comme une grossièreté scandaleuse. La personne demeurait là tout abasourdie, choquée
au possible de tant d'ingratitude, et se promet-
tant bien de ne plus donner le plus léger renseignement à personne ; si bien que si quelque bonne âme eût pris ce moment pour venir
demander la simple indication d'une rue, elle
eût, à coup sûr, reçu un soufflet ou quelque
chose d'approchant.

Après quelques tentatives de ce genre-là, on
pense bien que le chevalier se tint pour battu.

A vrai dire, il n'osait même plus renouveler
sa question, tant il était sûr d'avance de la réponse. Il était honteux de demander quelque
chose que personne ne savait. Il réfléchit en
outre qu'en interrogeant il instruisait les au-

tres, et qu'à force de demander son docteur à
toute la terre, l'homme le plus famé de Paris
finirait par être moins connu que cet inconnu.

D'un autre côté, vous apprécierez les raisons qui empêchaient le chevalier d'aller frapper à la porte d'un ennemi mourant pour lui
prendre en la même personne son témoin et
son médecin. Cette démarche pouvant être
fort mal interprétée, Saint-Alyre était résolu
à ne pas la faire. Une circonstance l'enhardit.
Le chevalier rencontra le marquis de Parazol
qui revenait de l'hôtel de la Tranquillité.
Il apprit de la bouche de l'ambassadeur
l'amélioration survenue dans l'état de Philippe de Lanta : cette nouvelle leva les scrupules du chevalier. Il s'enquit alors si le
docteur Rozel était chez le blessé, et, sur une
affirmation, il s'éloigna au plus vite de Parazol,
à qui cette demande avait inspiré la réflexion
suivante :

— Est-ce que le docteur Rozel serait par hasard un grand médecin ?... Voici la seconde fois que j'en entends parler aujourd'hui... Il faudra que je m'en informe.

Le chevalier de Saint-Alyre, qui n'était pas curieux de se trouver en face de l'homme qu'il croyait avoir si mal accommodé le matin même, attendit dans l'antichambre, et par un domestique fit prévenir Rozel qu'il était là : mais Philippe, informé que c'était son adversaire, lui dépêcha Guerlus pour l'inviter à entrer dans la chambre. Saint-Alyre ne crut pas devoir refuser : les deux antagonistes échangèrent quelques mots de politesse pendant que le baron, bouche pleine, les coudes sur la table et les pieds dans l'eau, pourvoyait à la fois, dans cette risible posture, aux exigences combinées de sa santé et de sa maladie.

Mais quand le chevalier mentionna sa rencontre avec le marquis de Parazol, son ami, le baron, effrayé, rejeta sa fourchette et se mit à geindre de plus belle.

Le chevalier, tout étonné, regarda le baron qui ne demandait pas mieux.

— Pardon, monsieur le chevalier, dit La Briffe, pardon si je pousse ces cris inconsidérés. Ils me sont arrachés par la douleur... C'est que, voyez-vous, je suis travaillé d'une affreuse pléthore.

Et comme le nouveau venu, sans mettre en doute verbalement l'assertion du malade, considérait la table d'un air surpris : La Briffe alla au devant de l'objection.

— Oui, monsieur, dit-il, je mange... j'ai mangé... Hélas oui : ce n'est que trop vrai... tant pis pour moi ! C'est l'effet d'une idio...

— L'effet d'un idiot ? se récria le chevalier, prenant cette fraction d'un mot pour une injure que le malade mécontent jetait à la tête du docteur.

— *Syncrasie*, acheva Rozel, soufflant le
final au baron.

— Saintcrassi! répéta le chevalier encore
plus stupéfait, s'imaginant que le docteur se
vengeait de l'injure du baron. Saintcrassi!
mais ce n'est pas même du français?

— Non, monsieur, c'est du grec, riposta
Rozel.

— Du grec? observa Saint-Alyre, de plus
en plus désorienté.

— Oui, monsieur, du grec, ajouta le baron;
cela signifie que je puis manger beaucoup sans
cesser d'être extrêmement malade. Ce diable
de nom, je ne puis pas le retenir... M'y voilà,
idiosyncrasie.. c'est l'effet d'une idiosyncrasie.

Le chevalier vit alors sa méprise, et en rit
tout le premier.

Là dessus il prit congé de la compagnie, en
disant au docteur :

— N'oubliez pas, je vous prie, que c'est

très pressé : vous savez d'ailleurs que les femmes n'aiment pas attendre.

— Soyez tranquille, monsieur le chevalier : j'irai bientôt ; mais l'adresse de la personne ?

— Ah ! par exemple, excuserez mon étourderie, monsieur le docteur, fit le chevalier en se fouillant... C'est impardonnable, j'allais ma foi l'oublier... Tenez, voici la carte de cette dame.

Quand le chevalier fut parti, le docteur jeta les yeux sur la carte qu'il mit dans son gousset, et se promena victorieusement dans la chambre. Il se complaisait dans sa gloire nouvelle.

— Une dame, peste ! Ça commence bien, se prit à dire Philippe. Ah ! ça, mais il paraît que ton premier client t'a porté bonheur.

— Mon premier client, répliqua Rozel troublé par ce *memento homo* dans son radieux triomphe. Mon premier client, répéta-t-il sur

un ton qui exprimait combien ces deux mots
sonnaient mal à ses oreilles. Ah! oui, je me
rappelle, je t'ai dit cela ce matin, en manière
de plaisanterie... je vois que tu l'as cru.

— Comment, comment! mon ami, reprit
Philippe, c'est ainsi que la prospérité te tourne
la tête et la langue : tu étais charmant de modestie et de franchise.

— Qu'est-ce à dire, s'écria le baron qui
pour la troisième fois s'était repris à son déjeûner ; qu'est ce à dire? tu as été le premier
client de monsieur... Bien obligé, moi qui
n'aime pas à essuyer les plâtres... si j'avais
su, avec ma pléthore... une maladie si grave...
et un débutant... Ah! je frémis.

— Tu vois, observa le docteur à Philippe,
tu m'enlèves la confiance. Puis se tournant
vers le tuteur : — Quant à vous, monsieur le
baron, ajouta-t-il, je conviens que votre indisposition est très sérieuse, aussi suis-je

prêt à résigner en des mains plus dignes les
fonctions que le hasard seul m'a données auprès de vous... Ainsi, je vous supplie de me
remplacer au plus tôt.

La Briffe sentit toute l'étendue de sa gaucherie. Changer de docteur ! C'est donc à dire
qu'il lui faudra recommencer son manége ;
c'est donc à dire qu'il devra opérer une nouvelle conversion à la foi d'une pléthore imagi-
naire ; mais si le Dieu vivant a trouvé des
athées, la fausse pléthore de La Briffe ne
peut-elle pas rencontrer un incrédule ?

Incontinent, le baron se hâta de se contre-
dire de la meilleure grâce du monde.

— Que parlez-vous, monsieur le docteur,
de céder votre place... ; mais qui l'occuperait
mieux que vous ?... Je tiens à vous conserver... j'y tiens essentiellement.... D'ailleurs,
vous savez, la confiance c'est comme l'amour,

ça ne se commande pas, et j'ai la plus grande
foi en vous... Excusez le délire d'un malade,
si j'ai pu vous faire croire le contraire... Je
me suis mal exprimé... Vous débutez? Eh
bien, quand cela serait; le grand mal! Est-
ce qu'il ne faut pas un commencement à tout?
Paris ne s'est pas bâti en un jour... Continuez,
et je vous le prédis, moi le baron de La Briffe,
vous serez avant peu le premier médecin de
France.

—Je confirme l'augure et je l'accepte, répliqua Philippe, cherchant à réparer le tort
qu'il avait fait à la réputation de son ami; je
suis sûr que Rozel va s'illustrer.

— Moi, j'ose l'affirmer, dit Guerlus qui s'é-
tait assis dans un coin; et si la philosophie
permettait à l'homme de pronostiquer l'avenir, j'aurais l'audace de prophétiser... mais
cela m'est défendu.

— Prophétiser, Guerlus, ajouta Philippe, à quoi bon ? Rozel n'a-t-il pas déjà une clientèle ? J'en prends à témoin cette dame au nom de laquelle on nous l'arrache !

— Cela me rappelle, dit le docteur, qu'il faut que je parte sur le champ.

— Tu vois, tu l'oubliais faute d'habitude, lui dit Philippe à l'oreille.

— Comment! est-ce que vous allez nous quitter, docteur? s'écria le baron avec inquiétude.

— Parbleu ! il le faut bien.

— O mon Dieu ! quel contre-temps ! et qu'allons-nous devenir? Mais quand vous ne serez pas là, voudra-t-on me croire aussi malade que je le suis ?

— Bien davantage, monsieur le baron, reprit Rozel en riant ; vous pourrez dire que vous êtes abandonné de votre médecin.

En même temps Rozel s'ajustait un peu pour

sortir. Il prit son chapeau, chercha sa canne.

— Je parie, réfléchit tout haut Philippe, que cette dame est la maîtresse de mon adversaire.

— Sa maîtresse ? répéta le docteur, mais pas du tout... où diable ai-je mis cette canne ? Guerlus, si vous me la cherchiez !... Sa maîtresse ! détrompe-toi, mon cher. Le chevalier m'a bien dit que...

— Je pense bien, interrompit le blessé, que le chevalier est trop discret pour t'avoir dit que c'était sa maîtresse ; mais cela se devine et ne se dit jamais.

— Es-tu entêté, fit le médecin, si tu m'avais laissé finir !... Le chevalier m'a assuré que c'était sa sœur.

— Sa sœur, répéta le baron, qui laissa tomber sur son assiette le morceau qu'il tenait à la bouche.

Et aussitôt il recommença à trembler, à

tousser et à gémir si fort qu'il était impossi-
de s'entendre.

— Sa sœur ! cria Philippe... Ah ! lè chevalier a une sœur ; c'est bien différent et je t'en
félicite.

— Il y a de quoi, répondit le docteur, en
tournant avec complaisance la carte entre ses
doitgs : une comtesse, mon cher.

— C'est commé la mienne, pensa Philippe,
ma comtesse de Fontgiève. Vraiment! une
comtesse? continua-t-il à très haute voix.

— Une comtesse , reprit le docteur, et un
joli nom.

— Dépêchez-vous de vous en aller, docteur,
beugla le baron.

— Tenez, voilà votre canne , monsieur Rozel, dit Guerlus.

Le médecin ne sortait pas encore. Le tuteur avait beau tousser, se plaindre, faire des

signes et des contorsions, le docteur ne comprenait pas.

— Voyons si en effet le nom est joli, dit Philippe en tendant la main avec nonchalance.

— Tiens, lis ! dit le docteur.

Le baron redoubla de grimaces et d'exclamations ; mais ce fut peine perdue, le jeune blessé n'en prit pas moins une jolie petite carte, et, sous une couronne surmontée de perles, il lut :

—Madame Lysimène, comtesse de Vertamy, rue des Tournelles, 24.

Chacun de ces mots lui parut éblouissant comme : un soleil il recula sa tête étourdie, sa main frémit, ses lèvres s'agitèrent ; mais il ne crut pas à cette vision. Suis-je donc fou ? se demanda-t-il sincèrement... Serais-je le jouet d'un miracle de l'amour ? Et Philippe s'imagina que ce nom bien aimé qui absorbait son cœur pouvait aussi bien absorber ses yeux et les empêcher de voir et de lire autre chose que les bienheureuses lettres dont il était composé... Mais ces fictions, de quel poids étaient-elles près d'une réalité que sa main touchait, et que ses yeux attestaient d'une manière irréfragable ? Philippe ne douta plus.

Alors, ce fut une série d'exclamations ; les plaintes, les cris, les imprécations, les soupirs, tout se mêlait dans sa bouche.

— Elle ici?... Pourquoi?... Malade !... O mon Dieu !... Qu'ai-je fait !... Quel malheur !.. J'ai peur de réfléchir... Ce serait atroce !... Elle doit me maudire : le chevalier était son frère !

A ces mots, l'œil égaré de Philippe se ferma comme si un monde inconnu venait tout à coup de s'ouvrir devant lui, et qu'il n'osât pas y regarder.

—Je crois tout deviner. Le neveu tourna sa figure terrible vers l'oncle consterné... Monsieur le baron, c'est abominable... me perdre si traîtreusement... ne pas me dire qu'il était son frère.

— Je ne le savais pas, répondit le baron ; suis-je sorcier ?

— Vous le saviez, cria Philippe d'un ton à faire trembler le tuteur. Mais celui-ci eut bientôt repris son aplomb.

— Je te répète, Philippe, que je l'ignorais, répondit-il ; suis-je donc un arbre généalogique ?

Puis, inclinant sa tête sur sa poitrine :

— Je t'en prie, ajouta-t-il, ne me fais pas parler... cela me fatigue, je suis au plus mal.

Philippe n'entendit seulement pas sa réponse. Ses idées, son cœur, tout son être, étaient concentrés sur le même objet, la

comtesse de Vertamy. Il saisit la main du docteur :

— Elle est ici?... Elle est malade?

— Tu l'as entendu, son frère vient de me
le dire.

—Peut-être très malade, poursuivit le jeune
homme prêt à s'alarmer. Eh! c'est à toi qu'elle
s'est adressée? Pauvre femme! Mais j'espère
bien que tu n'iras pas?

— Comment, tu espères que je n'irai pas!...
Ce serait un peu fort!... J'y vais tout de suite,
au contraire. Ah! par exemple! Et pourquoi
m'empêcherais-tu d'y aller?

Le baron se leva sur son séant :

— Pourquoi? s'écria Philippe avec feu :
parce que je l'aime; parce qu'elle courrait
trop de dangers entre tes mains... parce que
je veux lui sauver la vie. Quel bonheur, c'est
le premier service que je pourrai lui rendre;

et c'est à toi que je le devrai... Je te retiens ici !

Ce que disant, le blessé saute à bas du lit et se cramponne au docteur.

— Quelle imprudence ! s'écria Rozel ; je n'ose te résister de peur d'aggraver ton mal... Mais c'est aussi par trop violent... me défendre d'exercer mon état.

—- Je te défends de la tuer ; rien de plus... Je t'abandonne tout le reste, mon oncle, moi-même si tu veux ; mais elle. Non ! non ! qu'elle te soit sacrée.

Le médecin se débattait toujours.

— Il faudra pourtant bien que j'y aille, dit-il. Elle m'attend.

— Du tout ? tu resteras ici.

— C'est à moi d'y aller, répliqua philippe.

— Ah ! pour le coup ! non, je m'y oppose, dit le baron qui s'échappa des on bain sec et courut nu-pieds se saisir de son neveu... Je n'entends pas cela ; j'irais plutôt moi-même.

Le neveu, se voyant retenu par l'oncle, se
retourna pour l'apostropher.

— Vous! y aller? s'écria-t-il... Y pensez-
vous; mais vous n'y êtes que trop allé. Et je
ne souffrirai pas...

Ce mouvement permit au docteur de faire
lâcher prise à son poursuivant; et, rendu à
la liberté, il en profita pour prendre les jambes à son cou.

Philippe, le voyant fuir, en fut exaspéré.

— C'est vous, mon oncle, s'écria-t-il en
colletant son tuteur, c'est vous qui êtes la
cause qu'il m'a échappé.

— Oui, et j'en suis bien aise, repondit La
Briffe; j'aime mieux que ce soit lui que toi...
A moi, Guerlus!

—Guerlus, ne bougez pas! cria Philippe.

Guerlus, sollicité par les deux lutteurs,
choisit le parti le plus sage; il regarda faire,
conservant une neutralité philosophique.

— Quoi! mon oncle; vous croyez m'empêcher ?

— Certainement, mon neveu ; je dois veiller sur toi, et dans l'état où tu es... c'est à moi de faire cette démarche.

—C'est ce que nous verrons, mon oncle : pensez-vous que je veuille vous laisser sortir aussi malade que vous l'êtes ?

— C'est passé; je vais beaucoup mieux... Mais toi ?... Oh ! ce serait une imprudence que je me reprocherais toute ma vie.

Les deux malades se tenaient à bras-le-corps comme deux athlètes.

— Diable! mon oncle, pour quelqu'un qui a la pléthore, je vous trouve une vigueur...

— Et toi, pour un blessé à mort, sais-tu que tu ne vas pas trop mal?

La lutte se continuait à chances égales, lorsqu'un incident vint décider de la victoire. Le baron dont l'extrémité des pieds était

mouillée , et dont chaque pas faisait trace,
glissa sur son talon à un endroit humide. Or,
se trouvant avoir besoin de ses bras pour se
retenir dans sa chute , il lâcha son bienheu-
reux pupille.

Ce dernier laissa l'oncle se relever avec le
secours de Guerlus et prit lestement la fuite.
Pour plus de sûreté, il ferma la porte derrière
lui et en mit la clé dans sa poche, laissant
ainsi La Briffe et Guerlus prisonniers.

XIII

Le premier médecin de France.

Le docteur Rozel fit diligence et courut à la station la plus voisine des carrosses de place : là, moyennant un franc quatre sols, il monta dans un fiacre. Or, pendant qu'on le transportait ainsi au numéro 24 de la rue des Tournelles, pensez-vous qu'il alla s'amuser à remercier du profond de son cœur le nommé Fiacre, qui, logé rue Saint-Fiacre, à l'image Saint-Fiacre, fut l'inventeur et le parrain de ces voitures à qui Rozel était redevable de la rapidité de sa fuite ? Nullement, l'ingrat ! il préféra se complaire dans d'égoïstes rêves. Une comtesse ! quel magnifique début ! une

comtesse, bravo, Rozel ! tu commences par
la qualité, la quantité viendra. Et notre
homme, les paupières à demi-closes, s'abandonna aux plus douces illusions. Il se voyait
circonvenu par une multitude de traits plom-
bés, de faces étirées : sa figure était seule
rayonnante et fleurie au milieu de ces visa-
ges blêmes ; il regrettait de n'avoir par les
cent mains de Briarée pour tâter autant de pouls
en même temps. Dans son rêve, il guérissait
d'abord tous ses malades ; mais il réfléchit
que c'était diminuer sa clientèle, et qu'il aimait trop ses malades pour s'en priver si vite ;
il les faisait durer, et leur nombre allait crois-
sant comme sa réputation : bientôt, sur le récit de ses étonnantes cures, un grand roi,
pour l'attirer à sa cour, faisait offrir au docteur de l'or et des présens ; mais le nouvel
Artaxerxès était plus heureux que l'ancien
auprès du moderne Hippocrate. Rozel, de

peur de commettre une vieillerie renouvelée
des Grecs, acceptait parfaitement les trésors
du monarque étranger ; il allait à sa cour où
il s'ennuyait bientôt. La nostalgie saisissait
notre docteur ; il soupirait après la France ;
mais ses cliens soupiraient après lui : pas
moyen de leur échapper ; une légion de con-
valescens le gardait à vue. Dans cette détresse, Rozel, prisonnier de ses succès et cap-
tif de sa gloire, frappait un grand coup : il
tuait son bienfaiteur, et, le roi mort, on laissait partir son médecin. Rozel rentrait en
France sous des arcs de triomphe ; bref, de
rêve en rêve, il aurait dépassé le Picrochole
de Rabelais, si le carrosse, par un temps
d'arrêt, ne l'eût instruit qu'il était arrivé à
destination.

Rozel se réveilla de ce songe de grandeur,
et trouva que la réalité était encore assez
avantageuse. Une comtesse ! malpeste !

— Je ne suis pas fâché, pensa-t-il en des-
cendant de son rêve et de son fiacre, je suis
même enchanté d'avoir affaire à un malade
véritable : les malades pour rire sont fort
ennuyeux ; et puis on finirait par s'y habituer.
Voyons ma comtesse.

Le docteur n'eut qu'à se nommer pour être
immédiatement introduit par une camériste.
Les triples rideaux des fenêtres soigneusement
tirés laissaient la chambre à coucher de la
comtesse dans une obscurité qui parut d'autant plus épaisse au docteur que ses yeux pas-
saient brusquement de la lumière aux ténè-
bres. Rozel marcha donc presque à tâtons
sur des tapis où ses pieds s'enfonçaient mol-
lement : il se cogna bien par ci par là à quelques meubles dont cette chambre n'était que
trop pourvue ; mais enfin, après un zig-zag
que lui fit décrire la main prudente de son
guide en cornette, le docteur, sans trop d'en-

combre, arriva jusqu'au lit : c'était pour lui
l'arche de salut : sa main touchait du velours,
des franges, de la soie, un bois des plus polis ;
mais il ne voyait encore rien.

La cámeriste parla la première.

— Madame la comtesse, dit-elle à demi-
voix, c'est monsieur le docteur Rozel.

— Moi-même, madame la comtesse, crut
devoir confirmer le médecin qui n'étant pas
orienté, jeta ces mots au hasard devant lui.

Alors une légère exclamation, plaintive
comme un gémissement, se fit entendre. Sur
le témoignage de ce bruit, Rozel jugea qu'il
tournait le dos à la dame, et que c'était directement à ses pieds qu'il avait adressé les
premières paroles; il fit immédiatement volte-
face.

— C'est bien, Manette, laissez-nous !

La voix défaillante qui exhala cet ordre fut
un indice plus précis pour le docteur; il com-

prit qu'il n'était pas encore tout à fait dans la
ligne; et, pendant que la femme de chambre
sortait, Rozel fit un quart de conversion à
droite. Qu'exiger de plus? Ce n'est qu'après
quelques oscillations, que la boussole arrête
fixement vers le nord son aiguille aiman-
tée.

Le docteur s'inclina pour tendre l'oreille à
la dame; mais à peine la camériste eut-elle
disparu, que le docteur fut étourdi par cette
question, faite d'une voix très décidée.

— Docteur, comment va-t-il?

Rozel, abasourdi, recula d'un pas, comme
s'il eût été frappé à la figure.

— O mon Dieu, pensa-t-il, on aurait dû me
prévenir de son état : délire au premier degré.
Y aurait-il aliénation mentale? Entrons dans
l'objet de sa folie.

Puis, tout haut, le médecin ajouta :

— Madame la comtesse, il va bien, merci ;
et vous ?

— Il s'agit bien de moi, reprit la dame im-
patientée ; je vous parle de lui.

— Aussi vous ai-je répondu, fit calinement
le docteur. Voyons, donnez-moi votre main ?

Rozel voulut prendre la main de la veuve ;
mais celle-ci la retirant avec vivacité :

— Ma main ! et pourquoi faire, docteur ?

— Pour vous tâter le pouls.

— Je n'en ai pas besoin... Mais que dites-
vous, qu'il va bien ?... Il ne peut pas bien
aller.

— Ah ! réfléchit le docteur en *a parte, il* ne
peut pas bien aller ! c'est bon à savoir. Et tout
haut :

— J'avoue, madame, qu'*il* est un peu indis-
posé... mais ça passera... Laissez-moi vous
prendre la main.

— A quoi bon !... est-ce que vous me croyez

malade ? Mais je ne le suis pas, monsieur, dé-
trompez-vous !

— Pauvre femme ! pensa le docteur, elle ne
connaît pas son mal.

— Mais, docteur, poursuivit la comtesse,
vraiment je vous admire ! Vous restez là planté
bouche close... Vous, son ami ?

— L'ami de qui ? demanda le docteur.

— Oh ! dit la dame, on se sera trompé, puisque vous ne me comprenez pas. Dites-moi,
êtes-vous bien le docteur Rozel ?

— Oui, madame la comtesse.

— Il n'y en a pas d'autre du même nom ?

— Heureusement, madame.

— Eh bien ! alors, que ne me répondez-
vous !

— Je ne demande pas mieux ; mais à quoi,
madame ?

— Vous le savez mieux que moi, puisque

vous y étiez... Croyez-vous donc que j'ignore
le duel de ce matin ?

— Le duel ! fit le docteur éclairé par ce
mot.

— Oui, le duel de mon frère avec M. de
Lanta, que vous assistiez.

— Ah ! daignez vous expliquer. Je ne com-
prenais pas du tout... Vous désirez savoir ?...

— Ce que je vous demande depuis une
heure : sa blessure est-elle grave ?

Ici, grand embarras du docteur : que répondre ? Lui qui vient de dire au frère que la blessure est dangereuse, peut-il dire le contraire
à la sœur ?

— Mon Dieu ! s'écria la veuve effrayée de ce
silence : vous vous taisez ! N'oseriez-vous pas
me dire la vérité ?... Vous me faites frémir.

— Ne vous alarmez pas, madame, se hâta
de répliquer le docteur : sa blessure est loin
d'être dangereuse.

— Vous me le jurez, docteur?

— Je le jure.

— Ah! je renais à la vie... Et vous me répondez de lui, docteur?

— Sur ma tête... Maintenant que vous voilà rassurée et que nous commençons à nous entendre, il est temps, madame, de s'occuper de vous.

— De moi, monsieur? interrompit la comtesse d'un petit air surpris.

— Sans doute : n'est-ce pas pour cela que vous m'avez fait appeler?

— Je vous ai fait venir, monsieur, pour savoir des nouvelles de M. Philippe de Lanta.

— D'abord, oui, madame, j'entends bien ; mais ensuite pour votre maladie : de quoi souffrez-vous?

— De rien, monsieur, vous ne comprenez donc pas... Il me fallait un prétexte pour vous appeler, et alors… Autrement, je ne suis pas malade.

—Vous n'êtes pas malade ! répéta le docteur d'une voix lamentable en se pressant la tête entre les mains.

La veuve bondit à l'aspect de cette inexplicable désolation.

— Mais, en vérité, monsieur, on dirait que vous êtes contrarié !

— Contrarié, madame, plus que cela… J'en suis au désespoir.

— Bien obligé, docteur.

—Oui, au désespoir, insista Rozel. C'est donc une conspiration tramée contre moi, un vol au médecin, une mystification organisée, une fatalité qui me harcelle… Il ne me manquait plus que cela… Vous n'êtes pas malade !

La comtesse, qui ne comprenait pas le mot de cette énigme, ouvrait de grands yeux.

—Eh ! qu'est-ce que cela vous fait que je

ne sois pas malade? demanda-t-elle enfin d'un air ingénu.

.— Cela me fait, madame, que je suis méde-
an et non colporteur de nouvelles; que je
fais des visites et non des récits : cela me fait
que ce n'est pas ma profession de soigner les
gens qui se portent bien... j'y renonce, j'en ai
assez comme ça !

Cette sortie que le docteur avait montée sur
les notes aigres de l'indignation s'adoucit par
degré, de telle sorte qu'à la fin il n'y avait plus
d'harmonie entre le ton et les paroles.

C'est que l'œil de Rozel, habitué à ces ténè-
bres, avait fini par pouvoir discerner et admirer la riante figure de la veuve ; et le moyen
de lui tenir rigueur? son sourire était irrésis-
tible. Le docteur venait ensuite de réfléchir
qu'il n'avait pas le droit de s'emporter contre
ses cliens parce qu'ils n'étaient pas malades;
il n'y avait pas de leur faute. Qui sait, pour-

suivit-il, dans son esprit, c'est peu-être là
ma vocation et ma fortune. Je vais faire écrire
sur ma porte : « Cures Radicales, Rozel médecin de toutes les personnes qui ne sont pas
malades. — Traitement spécial de toutes les
maladies qu'on n'a pas. — On ne paiera qu'a-
près complète guérison. »

Dès lors, Rozel trouva l'aventure plaisante ;
son visage s'épanouit et tous les deux, malade
et médecin, s'étant regardés, ils firent comme
les augures.

La comtesse, rassurée par cette expansion
du médecin :

—-Vous comprenez, docteur, lui dit-elle,
que je suis malade, et que je dois l'être tant
que votre ami ne sera pas guéri : pour commencer, ordonnez-moi sur le champ quelques
remèdes que j'enverrai prendre sur l'heure.

—Des remèdes !... y songez-vous, madame
la comtesse ? Des remèdes avant de savoir
quelle maladie...

— Eh ! qu'importe!... nous chercherons après... Quels qu'ils soient, ne doivent-ils pas me guérir, puisque je ne les prendrai pas ?

Il est clair que la dame demande aux apparences ce que la réalité lui refuse, exactement comme le baron de La Briffe dans un cas pareil.

Le docteur rechignait à donner dans de telles complaisances.

— Mais, madame la comtesse, avec la meilleure volonté du monde, je ne puis pas me prêter...

La comtesse prit alors sa voix la plus caressante.

— Allons, docteur... pour moi, pour votre ami... Je sr bien que ce n'est pas votre habitude.

Rozel considéra la dame pour voir si elle ne se moquait pas de lui ; mais il s'aperçut aussitôt que la dame ne savait rien.

— Mon habitude, répéta-t-il ; oh ! madame,

vous pouvez bien le croire, et ce serait bien la première fois.

— Je n'en doute pas, docteur; vous consentez?...

— Je ne voudrais pas vous refuser... mais vous me demandez l'impossible, madame... Je serais perdu... que dirait-on?

— Qui?... Est-ce que personne le saura... que craignez-vous? Ne suis-je pas moi-même intéressée à me taire?

— Je vous l'accorde, madame; mais vous-même, que penseriez-vous de moi?

— Que vous êtes le plus obligeant des hommes et le meilleur des amis. Allons, écrivez-moi cette ordonnance.

Or, pendant que cette voix de syrène lui parlait, une voix intérieure levait aussi les scrupules de Rozel. « En quoi cela pouvait-il le compromettre? Bien plus, il pouvait en prendre quelque renom aux yeux de ceux qui, *depuis Adam, sont en majorité.* Alors cela devenait du charlatanisme ; eh bien ! n'en faut-il pas un peu, surtout en médecine ; après tout, ce n'était pas lui qui cherchait le charlatanisme ; mais plutôt le charlatanisme qui venait au devant de lui. »

En conséquence, Rozel se laissa gagner.

— Madame la comtesse, dit-il, oh ! il faut bien que ce soit pour vous et pour lui... sans cela, je vous promets bien...

— A la bonne heure ! voilà comme je vous aime, docteur.

— Vous pouvez bien dire que vous faites de moi tout ce que vous voulez.

En même temps, Rozel prit une plume, et, s'agenouillant sur un prie-Dieu, il écrivit sur ce religieux pupitre. Au milieu d'une foule de prescriptions, la dame tenait à la quantité ; il n'en recommanda qu'une à la comtesse : il s'agissait de ces cerises confites que l'abbé

Raynal donnait à Grimm, et que celui-ci ava-
lait fort bien, malgré la léthargie où il était
tombé pour une danseuse de l'Opéra.

L'ordonnance écrite et signée, la comtesse
sonna Manette, qui fut chargée d'aller la faire
remplir à l'apothicairie voisine. La caмériste
revint bientôt après avec un régiment de fioles,
deux ou trois boîtes et autant de cornets, que
la comtesse fit déposer sur un guéridon.

Durant son absence, le docteur et la comtesse s'étaient occupés du choix d'une maladie : autrement dit, ils avaient cherché un
titre à leur petite fourberie, un mot du guet
pour leur spirituelle manœuvre.

— Voyons un peu !... Quelle maladie allez-
vous nous donner, docteur ?

— Celle que vous voudrez, madame la comtesse ; elles sont toutes à votre disposition ; et
vous n'avez qu'à parler !

— Tout cela n'est pas répondre, docteur ;

voyons, cherchez... Si on venait, je ne voudrais pas être prise au dépourvu.

— Que pourrait-on bien vous offrir, madame la comtesse ?... La migraine ?

— Non, ce n'est pas assez sérieux.

— Ah ! j'ai votre affaire !... Si je vous donnais la maladie à la mode ?

— Quoi donc ?

— Les maux de nerfs ou les vapeurs... Rien de plus agréable que le traitement : le bouillon de poulet et l'eau de tilleul.

— Non, monsieur, tout le monde en a... jusqu'aux bourgeoises qui se donnent maintenant des airs...

— Les maladies, madame la comtesse, ne regardent pas à l'*Almanach Royal*.

— Tant qu'il vous plaira : mais je refuse les vapeurs... Et puis on les conteste. Il me faut une maladie réelle, sérieuse, bien famée ; surtout qu'elle ait un joli nom, je tiens à ce point :

qu'elle n'écorche ni ne déshonore la bouche
de personne!

Un conte populaire et peu galant tend à
prouver que, des défauts de la femme, celui
qui survit à tous les autres c'est l'obstination :
quelle criante injustice! Le défaut, si c'en est
un, qui meurt le dernier chez la femme, c'est
la coquetterie. La femme se passionne toujours
pour le culte de la forme ; elle s'éprend d'une
belle figure, d'une jolie phrase, d'un bijou,
d'une fleur. La coquetterie n'est, après tout,
que le plus haut degré de la civilisation fémi-
nine : c'est la charité platonique de la beauté.
Par cet aimable défaut, la femme devient un
prix mis au concours, une *conquête*. Elle ne
se soumet qu'au vainqueur, soit, mais elle
agace tous les autres; et par là, outre un bonheur complet dont elle dispose, elle éparpille
une foule de petites espérances qui réjouissent
ses soupirans à bon marché, surtout ceux qui

ne sont pas plus exigeans que Jean-Jacques :
« O mes lecteurs, j'ai peut-être eu plus de
» plaisir dans mes amours en finissant par
» une main baisée, que vous n'en aurez ja-
» mais dans les vôtres en commençant tout
» au moins par là. »

Ceci n'est par une digression : parler coquetterie à propos d'une jolie femme, ce n'est pas
sortir de son sujet. Pour quel autre motif, si
ce n'est par coquetterie, madame la comtesse
désire-t-elle une dénomination élégante pour
le mal qu'elle n'a pas?

Cette prétention déconcerta quelque peu le
docteur.

—Je vous avouerai, madame, lui dit-il, que
les maladies n'ont, en général, que des noms
bien euphoniques?

— C'est un tort, docteur; vous auriez beaucoup plus de malades sans cela.

— Je n'en disconviens pas, madame; mais

encore faut-il accepter les choses dans l'état
où on nous les a transmises.

— J'entends bien ; mais j'imagine que vous
avez d'autres maladies que celles que M. Pur-
gon jette à la tête d'Argan : à ce prix, je préférerais convenir de ma santé ou me donner
une maladie anonyme.

— Il n'y en a point ; mais attendez, madame
la comtesse, que je cherche un peu !...

— La mélancolie !...

— Vous plaisantez, docteur, est-ce donc une
maladie ?

— Je le crois bien, madame, c'est une maladie chronique, rarement mortelle, mais qui
est longue, opiniâtre, sujette à des retours
souvent incurables. Les anciens en attribuaient
la cause à la prétendue atrabile ou bile noire ;
son signe caractéristique est un délire sur un ou
deux objets particuliers, mais exempt de fièvre ; en quoi elle diffère de la manie et de la
frénésie... ; ça vous convient-il ?

—Non, docteur, il faudrait donner une explication à tout le monde... la mélancolie!... Personne ne me croirait malade, et ça ferait jaser... La comtesse est mélancolique!... Ah! vraiment, et de qui? et de quoi? Non, docteur, cherchez-moi autre chose : n'avez-vous rien de mieux?

— Madame, je songeais à l'hystérie.

— L'hystérie?... Ah! voyons, ce nom me plaît assez. Qu'est-ce que c'est?

— Madame, c'est un genre de névrose, habituellement rangé dans les spasmes.

— Ah! très bien! Eh! dites-moi, docteur, est-elle à craindre?

— Non, madame, quoique très difficile à guérir.

— De mieux en mieux, docteur. Et son caractère?

— Elle se manifeste par beaucoup de sensibilité et par une foule de symptômes convulsifs qui paraissent et se dissipent sans aucune cause évidente.

— Mais c'est à merveille, docteur; on dirait que c'est fait exprès pour moi. La charmante maladie que voilà!... Donnez-moi donc l'hystérie, et n'en parlons plus!.. J'ai l'hystérie... Mais nous avons perdu un temps précieux à me rendre malade... J'aurais une infinité de choses à vous dire, docteur; mais votre blessé?...

— J'y songeais, madame la comtesse, d'autant qu'il n'est pas seul malade; je soigne aussi son oncle gravement travaillé d'une pléthore.

— Ils doivent avoir besoin de vous, docteur; retournez-y bien vite... Mais vis-à-vis de lui... un secret inviolable, entendez-vous?

— Oh! madame, tranquillisez-vous : un médecin, c'est le confesseur du corps... et quelquefois aussi de l'âme.

La comtesse sourit de la réflexion du docteur, et Rozel tira sa révérence.

— Au revoir ! docteur... A propos, le lit me fatigue ; m'autorisez-vous à le quitter pour prendre le fauteuil ?

— C'est comme il vous plaira, madame, je n'y vois aucun inconvénient.

— Merci, docteur, à bientôt !

Rozel traversait l'antichambre pour sortir ; Manette accourut, et d'une voix basse, d'un air éploré, l'interrogea sur sa maîtresse.

Le docteur, sans s'arrêter, prit un air capable et une prise de tabac, puis jeta ces paroles sans régarder la camériste :

— C'est une hystérie... Rien d'alarmant ; mais ça peut être long... Il y a du mieux depuis ma visite... Allez aider à votre maîtresse à se lever ; je lui ai permis le fauteuil !...

La camériste resta ébahie, les bras ballans et clouée sur place : elle le regardait s'éloigner. L'ascendant de cette supériorité sereine l'avait écrasée ; économisez votre temps, vous faites

croire qu'il est précieux : soyez avare de paroles, et vous en triplez la valeur. A quoi tiennent les choses ? Si Rozel avait regardé Manette,
ou s'il s'était retourné après lui avoir parlé ; si,
plus malheureusement encore, il l'eût cajolée,
c'était fait de lui ? Il n'était pour la cameriste
qu'un praticien vulgaire ; tandis que, subjuguée
par cette rapidité hautaine et cette assurance
tranchante, la femme de chambre, avant d'exécuter l'ordre de Rozel, se prit à dire en elle-
même :

— Ah ! bien, à la bonne heure ! voilà ce que
j'appelle un docteur, moi. Ce n'est pas comme
notre vieux Picornet (elle supprimait le *monsieur*). Parlez-moi de ça : vive M. Rozel !... Il
vous donne envie d'être malade... Rien que de
visiter les gens il les soulage... Ah ! ça, mais
c'est donc le premier médecin de France !

XIV

Un malade par la fenêtre.

Après la fuite du docteur, nous avons laissé l'oncle et le neveu luttant ensemble dans cet hôtel de la Tranquillité, qui, depuis qu'ils y logent, donne un formel démenti à son enseigne. Nous avons expliqué comment un talon mouillé trahit le baron, moins dangereusement qu'un talon sec avait trahi Achille, fils de Pélée. La Briffe hors de combat, on sait que Philippe ferma l'appartement et en mit la clé dans sa poche; le jeune homme se fit assujétir, au moyen de rubans, l'appareil de sa blessure, que sa récente lutte venait de déranger. Pendant ce temps-là, un domestique

de l'hôtel était allé chercher une chaise à porteurs dans la rue Montorgueil, vis-à-vis la rue
Tire-Boudin, où était alors le bureau de ces
loges portatives : l'état de Philippe lui inter-
disait le fiacre et le condamnait au transport
plus doux, mais moins accéléré, de la chaise
à porteurs.

C'est dans un tel équipage que Philippe de
Lanta alla frapper à la porte cochère de l'hôtel
Vertamy.

La veuve venait d'être placée dans son fauteuil, quand Manette lui annonça la visite de
M. Philippe de Lanta.

A ce nom, la sœur de Saint-Alyre tressaillit : elle n'en voulait pas croire ses oreilles.

— C'est impossible, dit-elle.

— Je puis certifier à madame la comtesse
que c'est bien le nom que m'a dit ce gentilhomme... D'ailleurs ce n'est pas la première
fois que je le vois : il est blessé !

— Il est blessé! s'écria la veuve... Si c'était lui ? Faites entrer !

La comtesse avait pâli, s'était dressée sur ses pieds, et fixait des yeux inquiets sur la porte. Elle n'y croyait pas encore ; Philippe! mais il est dans son lit...; ce ne peut être lui...; sans doute un subterfuge dont quelqu'un se sera servi pour me voir. Ah! mon Dieu! si c'était par l'ordre de Philippe... de Philippe mourant... Ecoutons !... On vient... Ah ! j'étais folle... Quel bonheur !... c'est lui, c'est bien lui... Philippe !...

Et la comtesse, que la désolation avait trouvée debout, tomba évanouie dans les bras du jeune homme, qui la déposa dans un fauteuil.

Tant il est vrai que la joie nous est plus dommageable que l'affliction. C'est de joie que moururent Sophocle et Denys-le-Tyran.

Philippe se tenait à genoux aux pieds de

la comtesse qui ne donnait pas signe de vie ;
bientôt, et par degrés, son cœur se souleva,
sa main sembla chercher quelque chose, et
ses yeux, en s'ouvrant, tombèrent sur le
jeune homme.

— Vraiment !... je n'ai pas rêvé... C'est
bien vous, Philippe ! vous ici... Qu'avez-vous
fait ? quelle imprudence !

—Que parlez-vous d'imprudence, madame;
mais il faudrait que je fusse mort pour ne pas
accourir près de vous quand je vous sais malade.

— Eh ! vous donc, malheureux ! s'écria la
comtesse.

— Oh ! ne parlez pas de moi... Pouvais-je
hésiter quand il s'agit peut-être de vous sauver la vie.

— Ma vie !... songez à la vôtre, monsieur!
Comme vous êtes pâle !... Votre démarche

me fait frémir... Ma vie à moi ne court aucun
danger.

— Pardon, madame, reprit sérieusement
Philippe, et un très grand que vous ignorez.

— Qu'est-ce à dire? demanda la veuve
alarmée.

— Pourvu qu'il ne soit pas trop tard !
ajouta le jeune homme.

— Parlez, Philippe... vous m'effrayez ;
quel danger ?

Mais sans expliquer autrement, Philippe
continua ainsi :

— Rozel est-il déjà venu, madame?

— Oui, monsieur, il sort d'ici.

Philippe se frappa le front par un geste dé-
sespéré.

— Il sort d'ici... voilà ce que je craignais !...
Tout est perdu : j'arrive trop tard.

— Vous me faites mourir, Philippe, avec
vos exclamations · puis-je savoir, enfin ?...

Mais sans repondre directement, le jeune homme poursuivit :

— Rozel vous a-t-il ordonné quelque chose, madame ?

— Je frissonne... Mais, oui, monsieur.

En même temps, la veuve montra du doigt les fioles et les paquets, dont le guéridon était chargé.

Philippe se précipita vers le meuble indiqué.

— Il y a peut-être encore un espoir, dit-il... Une simple question, madame la comtesse : n'avez-vous rien pris de ces drogues?

— Absolument rien, monsieur; on me les apporte à l'instant.

— Dieu soit loué! s'écria Philippe : je suis heureux; je respire!

— O ciel! mais vous me faites peur: serais-je donc exposée à être empoisonnée?

— Précisément, madame ; vous avez dit le mot ; empoisonnée.

— Comment! par votre ami, Rozel... dans quel dessein?

— Mon Dieu ! avec les meilleures intentions... pour vous guérir.

— Pour me guérir, il m'aurait empoisonnée?...

— Par ignorance ; oui, madame ; mais pour que désormais vous n'ayez rien à craindre, je vais enlever tous ces remèdes... sans cela je ne serais pas tranquille.

Effectivement, Philippe se hâtait d'empocher ces drogues les unes après les autres ; mais on sait quel grand intérêt avait la comtesse à leur conservation.

— Que faites-vous donc, monsieur? s'écria-t-elle.

— Mon devoir, madame; je ne puis pas sacrifier l'amour à l'amitié... Apprenez que

mon ami Rozel n'est pas médecin... ou plutôt
qu'il l'est bien, si vous voulez ; mais sans
aucune expérience... qu'il commence d'aujourd'hui, et que, pour son coup d'essai...

— Mais qu'est-ce que cela fait à mes remèdes ? interrompit la dame.

— Cela fait, madame, que ce serait risquer
la vie que de les prendre... cela fait que je les
confisque...

— Rendez-les-moi, monsieur Philippe ; je
vous assure que j'en ai besoin...

— Mais plus vous en avez besoin, madame,
et moins vous me trouverez disposé à vous
les restituer... demandez-moi tout ce que
vous voudrez, excepté cela : ma vie, mais non
pas la vôtre.

— Il ne s'agit pas de ma vie, il s'agit de
quelques remèdes.

— Oui, madame, c'est la même chose.

Je les prends; ainsi je serai sûr que vous n'en ferez pas usage.

— En faire usage ! ça n'a jamais été mon intention.

Philippe, stupéfié par cette réponse, se retourna vers la veuve.

— Vous ne me ferez pas croire cela, madame; vous ne les aviez donc fait venir que pour les regarder ?

— Non, mais pour les faire voir : et maintenant que vous connaissez ma pensée, j'espère que vous me les laisserez.

— Du tout, madame la comtesse : d'ailleurs, à quoi bon ?

— Mais il me les faut, monsieur Philippe : et pour tout vous dire, je ne puis pas m'en passer, puisque je ne suis pas malade.

— Vous n'êtes pas malade !

Ce mot fut un trait de lumière pour Phi-

lippe. Il frappa dans ses mains et regarda la
comtesse.

— Vous n'êtes pas malade ! répéta-t-il.
Mais alors pourquoi demander Rozel?... Je devine... Ah ! si c'était pour... Non, je n'ose pas
le croire... Cependant, comment expliquer ?
Vous saviez peut-être qu'il avait été mon témoin... et alors.

Philippe n'était pas suffisant de sa nature ;
sa voix hésitait dans l'émission de ses pensées ;
il les jetait en paroles intermittentes, s'arrêtant après chaque phrase, après chaque interprétation, dont, avant de passer outre, il
contrôlait la validité sur le visage de la comtesse.

Celle-ci, heureuse de ces élans d'espoir
réprimés par une timidité naïve, souriait au
jeune homme et encourageait ses explica-
tions par des signes de tête qui voulaient

dire : « C'est cela !... oui !... Vous y êtes !...
allez toujours ! »

Et à mesure qu'il se voyait approuvé,
Philippe sentait sa figure rayonner et ses yeux
se mouiller de larmes de joie.

— Et alors, continua-t-il... ce serait pour
avoir des nouvelles par Rozel... Votre maladie... une invention... un prétexte. Oh! je ne
mérite pas... c'est trop, c'est trop!

Ce que disant, Philippe, ivre de bonheur,
était tombé aux genoux de la comtesse. Après
quoi, revenant sur l'objet de sa démarche, il
s'incriminait en ces termes :

— Bon Rozel !... excellent ami !... Si vous
saviez, madame, ce qu'il a fait pour moi !...
Un frère ne ferait pas davantage... Et moi
qui le discréditais... Il est plein de talent,
madame, si la pratique lui manque... Il sera
un médecin accompli... Et moi, je ne suis
qu'un traître, qu'un ingrat... Excellent Rozel,

va ! je n'oublierai de ma vie ce que tu as fait pour nous... Ame compatissante, tu t'es prêté si cordialement à notre chaste amour... Tu nous fais passer pour malades... tu nous donnes des remèdes... Oui, madame, les voici, ils vous sont indispensables ; puisque vous n'en avez pas besoin... les voilà tous !

Ce mélange de sentiment et de comique donnait à cette scène un caractère assez original. La reconnaissance si expansive de Philippe, se mariant au souvenir de son ami ; ce jeune homme qui, des larmes de joie et de tendresse dans les yeux, s'appliquait à restituer les remèdes, qu'il tirait un à un de sa poche, avec le même empressement qu'il avait mis à les y fourrer ; tout cela offrait un petit spectacle où le cœur et la rate trouvaient à s'épanouir à la fois.

— Je vous en prie, Philippe, lui dit la comtesse, ne restez pas à genoux ; vous me faites souffrir... Dans votre état, toutes ces émotions... Et votre blessure?

— Ce n'est rien, madame, dans quelques jours il n'y paraîtra plus.

— Oh! tant mieux? Quand je songe qu'il pouvait vous tuer, que j'aurais eu toute ma vie à maudire un frère... Oh! je remercie le ciel... A propos, vous ne le connaissiez donc pas, pour vous battre avec lui?

— Non, madame; si j'avais su que c'était votre frère!...

— Mais votre oncle le savait, interrompit la comtesse.

— Il m'a affirmé que non.

— Je vous certifie le contraire; c'est moi-même qui le lui ai appris.

Alors la comtesse raconta sommairement la visite qu'elle avait reçue du baron.

— Quel grand scélérat! s'exclama l'irrévérencieux, mais véridique neveu. Et la lettre

que je vous écrivis avant de partir? demanda-
t-il.

— Quelle lettre? fit la comtesse.

— Une lettre d'adieux... Cette lettre qui
commence par ces mots : « Je vous quitte
pour vous rejoindre, madame »; une lettre
partie du cœur... Je vois bien que vous ne
l'avez pas reçue, vous vous en souviendriez!
C'est cela, mon oncle l'a gardée, le traître!...
Quand je songe que c'est lui qui l'a lue!...

— Et qui se sera moqué de nous, ajouta
la comtesse.

— Il en est bien capable, appuya Philippe;
mais rira bien qui rira le dernier!... Tout cela
n'était qu'une odieuse machination.

Philippe entra dans quelques détails pour
expliquer comment son oncle lui avait persuadé qu'en allant occuper le grade d'exempt
des gardes, il accomplissait la volonté de la
comtesse; comment, trop crédule, il avait

consenti à ne pas aller s'en assurer près d'elle à Fontgiève; comment il s'était battu, et enfin toutes les aventures que le lecteur connaît déjà.

Ces masses de faits mises en commun firent voir à Lysimène et à Philippe que le tuteur voulait à tout prix contrarier leur union ; qu'il refusait son consentement, et qu'il faudrait attendre jusqu'à ce que le jeune homme fût en âge de s'en passer.

Cette perspective désola Philippe, et tous les torts de son oncle se groupant dans sa pensée, il s'emporta contre son tuteur, disant qu'il saurait bien tirer vengeance de ses perfidies, et qu'avant de courber la tête devant ce despotisme, il se porterait plutôt à quelque extrémité.

La veuve tâcha de calmer cette irritation ; elle engagea Philippe à être raisonnable, à prendre les voies de la douceur vis-à-vis d'un parent qui lui avait donné des soins, et à l'égard duquel il était tenu à du respect : et toutes ces raisons n'existeraient-elles point, que l'humanité lui ferait un devoir de ne point agir de rigueur envers une personne gravement indisposée.

— Indisposée, s'écria Philippe, comme vous !

— Comment ! le docteur ne m'a-t-il pas dit que votre oncle avait une grave maladie, dont j'ai oublié le nom ?

— La pléthore, vous voulez dire ?

— Précisément ; c'est cela.

— Et ne saviez-vous pas, reprit Philippe, que mon ami Rozel ne guérit que des maladies imaginaires ?

La comtesse ne put retenir son rire, en songeant à cette triple occurrence qui avait poussé trois faux malades entre les mains du jeune docteur.

Ici encore nouveau récit de Philippe. Il raconta l'arrivée de son oncle maternel, le marquis de Parazol, l'effroi du baron à cette nouvelle, enfin, la lutte qui avait terminé la séance.

— Bref, dit Philippe, j'ai terrassé mon tuteur, je me suis échappé le laissant avec Guerlus; il est maintenant sous clé, et je le défie
bien de sortir sans ma permission.

— Vraiment, vous l'avez enfermé? dit la
dame; c'est fort drôle! Doit-il pester contre
vous!

— Je vous le demande! Je suis sûr qu'il
me donne à tous les diables, et que, faute
de mieux, il chapitre son compagnon de cap-
tivité.

— Et vous croyez qu'il restera là?

— Il le faudra bien, jusqu'à ce que je le dé-
livre. J'ai la clé, il n'y en a qu'une, et notre
appartement est au second au dessus de l'entresol; jugez un peu!

— Un monsieur, dont voici la carte, demande à parler à madame la comtesse, dit Manette en entrant dans la chambre.

La jeune femme jeta les yeux sur cette carte, et lut à haute voix :

— Amador, baron de La Briffe.

— Hein ! que dites-vous ? s'écria le jeune homme stupéfait; c'est impossible.

— Nous allons le voir, répondit la comtesse; Manette, introduisez M. le baron.

La Briffe roula, aussi lestement qu'il put, son énorme masse dans la chambre de la comtesse. L'action de la marche et de la colère avait bouffi ses traits... Il était tout boursouflé, ses vêtemens en désordre, ses bottes poudreuses et son habit couvert de marques blanches, comme s'il se fût frotté aux plâtres d'un édifice en construction... il soufflait autant qu'un phoque mis à sec sur le rivage; il tourmèntait sa canne dans sa main et tenait son chapeau sous son bras; sa tête fumait.

— Pardon, madame la comtesse, si je ne puis maîtriser mon indignation, s'écria-t-il, c'est affreux : ça n'a pas d'exemple; cela crie vengeance!... Se voir traité comme on ne se traite pas de Turc à More, et par un neveu qu'on croit à l'agonie... et qui ressuscite tout à coup, pour vous jeter par terre et vous enfermer... Enfin, à mon âge et dans mon état, obligé de passer par la fenêtre, devant les valets attroupés... Réduit à me faire descendre d'un second étage compliqué d'un entresol, dans un gabion, par une poulie, au moyen d'une corde... comme une douzaine de moellons... avec une pléthore des plus graves!... Mon neveu; c'en est trop! Le comte de Horn a été roué en place de Grève pour moins que cela... Madame la comtesse, permettez-moi de m'asseoir; j'étouffe!

Sans attendre la permission, le tuteur se
glissa sur un fauteuil. Suffoqué par cette fureur et ces paroles, à peine lui restait-il la
force de s'éventer avec son chapeau.

Philippe, tenu en échec par la comtesse,
laissa passer cette bourrasque; après quoi,
tout tranquillement, il commença par cet
exorde : « Mon oncle, ne nous fâchons pas. »
Il déroula par le menu, avec leurs causes et
leurs conséquences, tous les faits et gestes
du baron : celui-ci, se voyant dépouillé de
fond en comble et quelque peu écorché par la
main de son pupille, pensa qu'il fallait filer
doux et temporiser, tant que gronderait à
l'horizon ce tonnerre nommé Parazol, et dont
Philippe pouvait être le Franklin.

Rien de plus accommodant et de plus ser-
viable d'ailleurs que M. de La Briffe pour
quiconque se serait payé de paroles vides. Le
baron généralisait beaucoup; il était de ces

gens qui adorent l'humanité entière pour être
dispensés d'aimer leurs proches et leurs voisins. Le tuteur avait à son service quantité de
théories généreuses qui, toutes, souffraient
exception dès qu'il fallait les réduire en pratique.

Philippe avait été trop long-temps nourri
de cette creuse rhétorique, pour n'en pas connaître toute l'inanité : il étreignait son oncle,
le poussait dans ses retranchemens et lui posait catégoriquement des questions que l'autre
esquivait toujours. Ecoutez-le : ses intentions
sont des meilleures ;... il a pu se tromper, il
en convient, mais où est donc l'homme infail-
lible ?... Il n'a jamais voulu autre chose que
le bien de son neveu (ce qui, pris au pied de
la lettre, était l'exacte vérité); il n'a jamais
cherché que le bonheur de son pupille ; plus
tard, Philippe lui-même sera obligé de lui
rendre la justice qu'aveuglé par sa passion

il lui dénie aujourd'hui : c'est égal, malgré
cette ingratitude qui le navre, il n'en poursui-
vra qu'avec plus d'ardeur sa carrière d'abné-
gation, de sacrifice et de dévoûment... il
saura faire le bonheur de son pupille en dépit de lui-même, en dépit de tous.

Ne trouvez-vous pas que rien n'est plus héroïque? Par malheur, les sentimens de l'oncle ont ceci de commun avec le gibier : restez à distance, il ne bouge pas; approchez-
vous, il s'envole.

Maintenant, s'il vous prend envie, comme
au neveu, d'aller au bout de ces protesta-
tions et de les réduire à leur vertu réelle, il y
aura beaucoup de déchet, et la thèse changera
quelque peu.

—Mon oncle, puisque vous m'êtes si attaché,
je vous offre un moyen bien simple de me le
prouver, tout en faisant mon bonheur, après
lequel vous soupirez si ardemment : donnez

les mains à mon mariage avec madame la comtesse.

— Sans doute, répondait La Briffe avec
embarras, je ne demanderais pas mieux;
mais... Je ne nie pas que madame n'ait toutes les qualités qui attirent l'estime et l'affec-
tion : Dieu me préserve de blâmer une inclination aussi irréprochable; mais le moment
n'est pas encore venu.

— Mais qu'attendez-vous, mon oncle? que
j'aie atteint l'âge de l'émancipation? mais
alors, je n'aurai pas besoin de vous, grand
merci!

— Je ne dis pas cela... Je suis bien loin de
m'opposer... Nous verrons!...

— Nous verrons, nous verrons, répétait
Philippe, dépité de ces attermoiemens, c'est
là votre éternel refrain... Daignez me répondre quelque chose de positif... Donnez-
moi votre consentement ?

— Je n'y vois pas d'impossibilité! Ça se fera!... Plus tard... nous en parlerons!

— Oh! ces lenteurs me font mourir! Mon oncle, par pitié... une décision, une réponse précise... Un non, si vous voulez; plutôt un non qu'un peut-être : oui ou non!

— Je ne dis pas non.

— Mais vous ne dites pas oui.

Et c'était à poursuivre ces faux-fuyans que Philippe consumait toute son énergie, toute sa patience. Son oncle était plus insaisissable qu'un fantôme : au moment où l'on croyait mettre la main dessus, il s'évanouissait, et allait reparaître plus loin.

La veuve assistait à cet entretien, sans y prendre part autrement qu'en retenant Philippe dans une modération dont à toute minute il était sur le point de s'affranchir.

Enfin, comme il fallait conclure, l'oncle

prit sa voix la plus caressante, et dit à son
neveu :

— Mon cher Philippe, tu es malade, moi
aussi et madame la comtesse aussi ; nous au-
rons l'honneur de revenir la voir ; mais pour
l'instant, il faut rentrer à notre hôtel.

A ce coup, Philippe se posa résolument en
face de son tuteur, qui déjà l'avait pris par le
bras pour l'emmener :

— Mon oncle, lui dit-il, vous pouvez rentrer seul à l'hôtel.

— Du tout, mon ami, reprit La Briffe, il
est convenable que tu m'accompagnes. Que dirait-on si, blessé comme tu l'es, je te laissais
errer à l'aventure. Allons, et, dès que tu seras
mieux, je te permettrai de revenir seul : je ne
puis pas mieux te dire ?

— Mon oncle, je sors avec vous, reprit ma-
licieusement le neveu, mais je vous préviens

qu'avant de rentrer à notre hôtel j'ai une petite visite à faire.

— J'irai avec toi, dit l'oncle.

— Certainement, avec plaisir, répondit le
neveu.

— A la bonne heure! Enfin, te voilà raisonnable. Eh! chez qui allons-nous?

— Chez M. le marquis de Parazol.

A ce nom, La Briffe changea de figure; il
était violet d'une rage concentrée, et des frissons l'agitaient des pieds à la tête.

Philippe salua respectueusement la comtesse, et marcha vers la porte, l'oncle était
pétrifié.

Tout à coup la scène changea de face. Manette parut sur le seuil de la porte, et annonça
très distinctement :

— Monsieur le chevalier de Saint-Alyre!

Philippe répéta ce nom avec effroi. La
comtesse, troublée, se leva.

— Priez-le d'attendre un instant, dit-elle à Manette.

Le baron seul se réjouissait de l'incident.

Philippe errait par la chambre d'un air égaré, comme s'il eût cherché une issue.

— Que va-t-il dire en me voyant ici, s'écria-t-il, lui qui m'a trouvé au lit ce matin?... Je suis déshonoré s'il me rencontre.

— Comment faire?... Oh! il ne faut pas qu'il vous voie, disait à son tour la comtesse qui demeurait à la même place, ne sachant à quel parti se résoudre.

— Si je me cachais? dit le jeune homme.

C'était là une idée bien simple, et pourtant, dans ce trouble, dans cette émotion, cette idée ne serait pas venue à l'esprit de la comtesse : elle s'y accrocha.

— Vous cacher!... oui, dit-elle, c'est cela. Tenez, ici!... dans ce cabinet... Vite!

Il était temps, le chevalier entrait ; mais il n'avait rien vu.

FIN DU PREMIER VOLUME.

sous presse

CHEZ LES MÊMES ÉDITEURS,

POUR PARAITRE EN JUILLET.

LE

TORT DES FEMMES

PAR FRÉDÉRIC THOMAS,

2 vol. in-8°.

L'AMBASSADE AUX OISEAUX,

PAR FRÉDÉRIC THOMAS,

Un vol. in-8°.

L'HONNEUR DU MARCHAND,

PAR MICHEL MASSON,

2 vol. in-8°.

Paris. — Imprimerie de Boulé et Ce, rue Coq-Héron, 3.

www.ingramcontent.com/pod-product-compliance
Lightning Source LLC
Chambersburg PA
CBHW050308030726
47505CB00003B/619